ANNE HOOPER

Was Männer wirklich wollen

So werden Sie zur Sexpertin

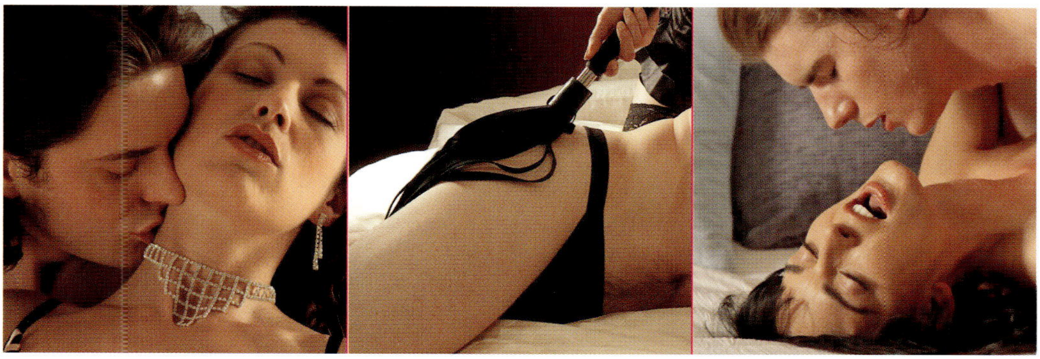

DORLING KINDERSLEY

LONDON, NEW YORK, MELBOURNE,
MÜNCHEN UND DELHI

Gesamtkoordination Lynne Brown
Lektorat Jane Cooke
Bildredaktion Helen Spencer
Bildbetreuung Toni Kay
DTP-Design Traci Salter
Herstellung Kevin Ward, Mandy Inness
Fotos John Freeman
Stylistin Claire Legemah
Programmleitung Corrine Roberts
Art Director Carole Ash

Für die deutsche Ausgabe:
Programmleitung Monika Schlitzer
Projektbetreuung Kerstin Uhl
Herstellungsleitung Dorothee Whittaker
Herstellung Gerd Wiechcinski
Covergestaltung Caroline Georgiadis

Bibliografische Information
Der Deutschen Bibliothek
Die Deutsche Bibliothek verzeichnet diese Publikation in der Deutschen Nationalbibliografie; detaillierte bibliografische Daten sind im Internet über http://dnb.ddb.de abrufbar.

Titel der englischen Originalausgabe:
XXX Sex... Tonight!

Übersetzung Susanne Janschitz
Redaktion Pia Westhoff
Satz Beate Fellner

ISBN 978-3-8310-0939-8

Colour reproduction by Colourscan, Singapore
Printed and bound in Singapore by Star Standard

Besuchen Sie uns im Internet
www.dk.com

Hinweis
Die Informationen und Ratschläge in diesem Buch sind von den Autoren und vom Verlag sorgfältig erwogen und geprüft, dennoch kann eine Garantie nicht übernommen werden. Eine Haftung der Autoren bzw. des Verlags und seiner Beauftragten für Personen-, Sach- und Vermögensschäden ist ausgeschlossen.

Inhalt

Einführung

Warum wollen Frauen Männern Lust und Freude bereiten, und warum reagieren Männer auf weibliche Aufmerksamkeiten entsprechend? In mancherlei Hinsicht ähneln Sie und Ihr Partner sich, aber es gibt auch grundlegende Unterschiede. Gerade diese Unterschiede zwischen Männern und Frauen machen den Sex immer wieder so faszinierend.

EROBERN SIE UNBEKANNTES **TERRAIN**

Es mag Sie zunächst verunsichern, wenn Sie die Unterschiede zwischen sich und Ihrem Partner erkunden. Schließlich geht es um eine Reise in die ungeahnten Sphären der Männlichkeit. Die meisten Frauen wollen die Psyche ihres Partners besser verstehen, damit ihre Beziehung an Tiefe gewinnt. Nirgendwo ist dieses Verständnis nötiger

als im Schlafzimmer. Es ist kein Zufall, dass Männer die Dienste von Prostituierten in Anspruch nehmen: Wie distanziert eine Hure auf der emotionalen Ebene auch sein mag – sie ist mit den drängenden sexuellen Begierden ihrer Kunden vertraut. Sie weiß, welche Praktiken zu jenen sexuellen Genüssen führen, nach denen der Mann lechzt. Die meisten Prostituierten wissen, dass es dabei nicht um die Art von Sexualität geht, die er zu Hause auslebt.

DIE **MÄNNLICHE FANTASIEWELT** BETRETEN

Wenn beide Partner gehemmt sind, ist das kontraproduktiv für außergewöhnliche Sex-Erlebnisse. Hinderlich ist auch die Angst, die Beziehung könnte leiden, wenn man seinem Intimpartner geheime sexuelle Fantasien enthüllt. Ich bin davon überzeugt, dass an die Stelle von Ängsten lustvoller Enthusiasmus treten kann, der zu mehr Intimität führt. Um Frauen einen Zugang zur Welt der männlichen Fantasien zu ermöglichen, habe ich die Erfahrungen mehrerer professioneller »Sex-Gurus« hinzugezogen – sie wissen schließlich, wie man am besten dort hingelangt.

> “ AUSSERGEWÖHNLICHER, HEMMUNGSLOSER SEX IST EIN SPANNENDES ABENTEUER, EIN VORSTOSS INS UNGEWISSE, DER IHNEN EINE TIEFE EMOTIONALE VERBINDUNG MIT IHREM PARTNER ERMÖGLICHT. ”

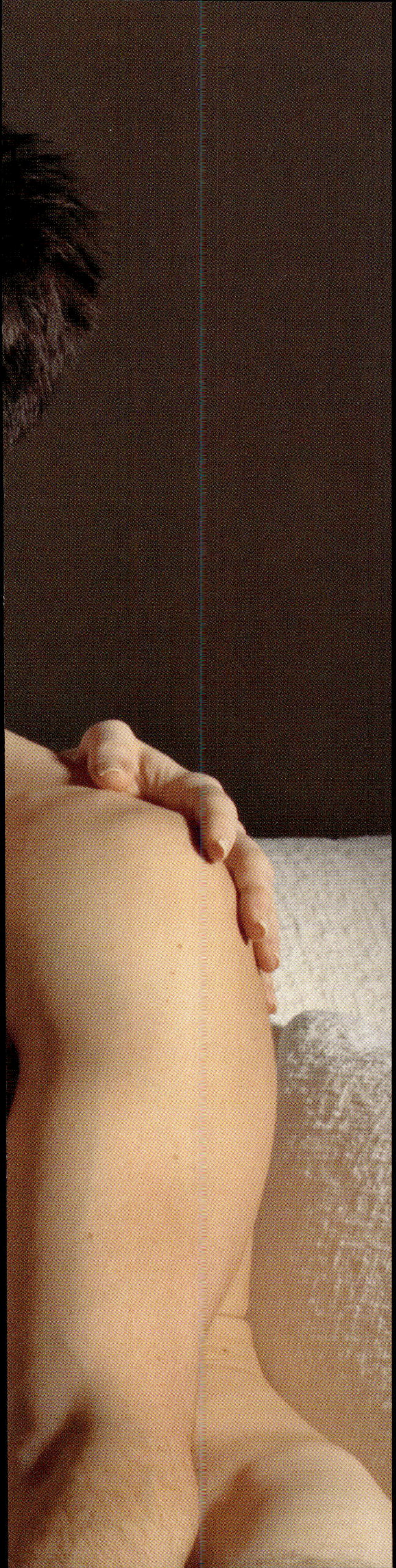

KAPITEL 1

Männer verstehen

Bei der Wahl ihrer Partnerin hatten die Männer schon immer mit sich zu ringen: Wollten sie lieber eine Ehefra oder eine Mätresse, die Heilige oder die Hure? Oder kann eine einzige Fr womöglich beides sein – und wäre d überhaupt wünschenswert? Vielleicht möchte Ihr Partner beim Sex die Füh rung übernehmen, vielleicht will er aber auch den Sex mit Ihnen gemein sam erkunden. Um seine innersten Sehnsüchte zu erahnen, können Sie a den nächsten Seiten herausfinden, we che Art Frau er begehrt und wie Sie sich diesem Ideal annähern könnten.

Seine geheimen Begierden

Er mag ja so wirken wie ein unverdorbener Schuljunge vom Land, doch ob seine innersten Sehnsüchte so unschuldig sind wie sein Aussehen? Hier sind drei objektive Tatsachen, die zeigen, wie die männliche Sexualität in der Realität – auch – aussieht. Selbstverständlich sind *einige* Männer wirklich so ehrlich und offen, wie es den Anschein hat.

MÄNNLICHE TATSACHEN

1 Viele Männer gehen zu Prostituierten, auch wenn sie glücklich verheiratet sind.

2 Sexualreporte zeigen, dass Männer mit dem Sex in ihrer Partnerschaft nicht unbedingt zufrieden sind, auch wenn sie ihre Frauen lieben.

3 Umfragen unter älteren Befragten ergaben, dass diese zwar durchaus sexuell aktiv sind und regelmäßig Orgasmen erleben, häufig jedoch nicht zusammen mit ihrer festen Partnerin. Meistens lieben die älteren Männer ihre Partnerin dennoch.

> “Es kann überraschend, aber auch amüsant sein, in die Tiefen seiner lustvollen Fantasien vorzustossen.”

DIE **SEXUELLE VERGANGENHEIT** IHRES **PARTNERS**

Gibt es eine Möglichkeit, herauszufinden, was Ihr Partner sich wünscht, und seine Wünsche dann zu erfüllen? Und wenn Ihnen das gelungen ist, wird er Sie dann auch auf ewig begehren? Oder treiben Sie ihn mit Ihrer Neugier womöglich in die Flucht? Auf solche Fragen erhalten Sie die besten Antworten, indem Sie sich in einem entspannten Gespräch mit Ihrem Partner nach seiner sexuellen Vorgeschichte erkundigen. Zu Beginn einer Partnerschaft fällt das viel leichter, aber es ist auch später noch möglich, auch wenn es sich dann etwas schwieriger gestalten mag. Im Folgenden erfahren Sie, welche Fragen Sexualtherapeuten ihren neuen Patienten stellen.

MIT **MÄNNERN REDEN**

Einen potenziellen neuen Partner gleich beim ersten Date mit intimen Fragen zu bombardieren, ist nicht angebracht; wenn Sie aber nach einigen Treffen bestimmte Fragen anbringen, erhalten Sie bestimmt interessante Antworten. Selbst wenn Sie keine längere Beziehung mit ihm anstreben, ist es nützlich, einige Dinge über ihn zu erfahren. Sollte aber die Chance bestehen, dass er Ihr lang ersehnter Traumpartner ist, dann könnte der Erfolg Ihrer Beziehung davon abhängen, dass Sie einige aufschlussreiche Informationen von ihm bekommen.

WIE SOLL ICH IHN **FRAGEN?**

Am besten stellen Sie Ihre Fragen möglichst spontan. Ein guter Zeitpunkt ist nach dem Sex oder wenn Sie auf der Couch zusammen schmusen. Warten Sie ab, wie sich das Gespräch entwickelt, und verschieben Sie weitere Fragen eventuell auf später. Jeder freut sich, wenn jemand Interesse an ihm zeigt: Die meisten Menschen reden gerne über sich, wenn man ihnen Gelegenheit dazu bietet.

Manche Fragen bringen Sie vielleicht nicht über sich. In diesem Fall sollten Sie klären, ob es an Ihrer eigenen Gehemmtheit liegt oder Sie nur seine widerspiegeln. Der Schluss, zu dem Sie kommen, ist unter Umständen entscheidend. Sie könnten das Gespräch so einleiten: »Es gibt etwas, das ich dich fragen möchte, aber es fällt mir schwer. Ich bin mir nicht sicher, ob es an mir liegt oder womöglich an dir.« Die meisten Menschen sind neugierig genug, um zu fragen: »Worum geht's?« – und schon können Sie loslegen.

DIE SCHLÜSSELFRAGEN

1 Wie sieht dein familiärer Hintergrund aus? Welcher sozialen Schicht, Kultur, Religion etc. gehören deine Eltern an?
2 Welche moralischen Vorstellungen haben deine Eltern?
3 Welche versteckten Botschaften hast du von deinen Eltern erhalten und wie haben sie dich wohl beeinflusst?

“WIE SEHEN SEINE FANTASIEN AUS, UND WIE BEKOMMEN SIE EINEN ZUGANG DAZU? SIE WISSEN NICHT, WELCHER TYP IHR PARTNER IST, WENN SIE DAS NICHT GENAUER UNTERSUCHEN.”

Sex-Geheimnisse Einer der sanftesten Männer, die ich je kennen lernte, entpuppte sich als Fremdgänger. Es fiel ihm nicht ein, das seiner Frau mitzuteilen – er befürchtete, es würde sie verletzen. Ich lernte aber auch einen Motorradfreak in Lederkluft kennen, der seine Partnerin vor dem Sex oft mit selbstgemachten Leckerbissen verwöhnte.

4 Wie sahen deine ersten sexuellen Empfindungen aus? Wann hattest du das erste Mal einen nächtlichen Samenerguss?
5 Kannst du dich an (unschuldige) sinnliche Berührungen in der Kindheit erinnern?
6 Was waren deine ersten sexuellen Gedanken und Träume?
7 Was hast du von deinen Schulkameraden über Sex erfahren?
8 Wann hast du zum ersten Mal masturbiert und wie hast du das die ersten Male erlebt?
9 Wann hattest du zum ersten Mal sexuelle Fantasien? Kannst du dich an welche erinnern?
10 Wann regte sich bei dir zum ersten Mal Interesse an einem Mädchen?
11 Hast du dich je von einem Jungen angezogen gefühlt?
12 Wie war dein erster Geschlechtsverkehr?
13 Hast du dich im Zusammenhang mit sexuellen Erlebnissen je erniedrigt gefühlt?
14 Wann und wie war der Sex für dich am schönsten?
15 Welche Art von Sex würdest du gerne einmal erleben?
16 Wie sehen deine erotischen Fantasien aus? Möchtest du einige davon einmal ausleben?
17 Welche Rolle könnte eine Partnerin in deinen Fantasien einnehmen?
18 Wie liefen deine sexuellen Beziehungen in der Vergangenheit?

Tipp Indem Sie Ihren jeweiligen sexuellen Hintergrund vergleichen, erfahren Sie, wie ähnlich Ihre Erfahrungen verliefen. Sie können erahnen, wie sich Ihr Partner Ihre gemeinsame Sexualität vorstellt. Fragen Sie sich, ob es das ist, was Sie auch möchten. Falls seine sexuellen Vorlieben Ihnen zu weit gehen, wäre das vielleicht der richtige Zeitpunkt, sich diskret aus der Beziehung zu verabschieden.

WAS SIE MIT DEN ANTWORTEN ANFANGEN

Auf keine Frage gibt es »richtige« oder »falsche« Antworten. Alle dienen Ihnen lediglich zur Orientierung, wie die sexuelle Seite Ihres Partners in etwa aussieht. Sie versuchen, sich anhand der einzelnen Puzzleteile ein Bild von seiner emotionalen und sexuellen Entwicklung zu machen. In einer intakten Beziehung sollte sich Ihr Partner selbstverständlich auch dafür interessieren, wie Ihre eigenen Antworten auf diese – oder ähnliche – Fragen lauten.

Was Männer wollen – Frauen aber nicht

Manchmal bedarf es schon raffinierter weiblicher Interpretationskünste, um zu verstehen, wie Männer ihre sexuellen Wünsche ausdrücken. Hier sind einige verbreitete Verhaltensweisen, die leicht missverstanden werden können.

ER SAGT NIE, DASS ER SIE LIEBT, WILL ABER STÄNDIG SEX

Hinter diesem Verhalten versteckt sich Unsicherheit. Er will unbedingt *spüren,* dass Sie ihn lieben, doch er verwechselt das Gefühl mit dem körperlichen Ausdruck. Wenn ein Mann sagt: »Natürlich liebe ich dich, schließlich schlafe ich mit dir!«, dann ist das nicht im Geringsten grob gemeint. Er drückt damit nur aus, dass er seine Liebe nicht über die Sprache ausdrückt, sondern durch aktiven Sex zeigt.

Vielleicht stammt er aus schwierigen Verhältnissen, wo es üblich war, dass man seine Gefühle unterdrückte. Für ihn ist es in Ordnung, Sex zu wollen, denn das gilt als männlich; offenbart er jedoch seine Gefühle, fühlt er sich verletzlich. Er bringt beides durcheinander und setzt den Sex für die Liebe ein. Sie könnten ihm sagen: »Ich glaube dir, dass du mich liebst. Aber so wie du den Sex brauchst, muss ich ab und zu die Worte ‚Ich liebe dich' hören.«

STREITEN MACHT IHN SCHARF

Nach einem Streit steht Ihnen der Sinn normalerweise nicht nach Sex – dennoch verletzt es ihn, wenn Sie ihn im Bett zurückweisen. Wahrscheinlich hat der Streit seinen Adrenalinspiegel in die Höhe schnellen lassen und er hält seine körperliche Spannung für sexuelle Erregung. Das kommt auch bei Frauen vor. Reagiert ein Mann öfters auf diese Weise, steckt hinter seinem Machogehabe Aufregung und Nervosität. Eine Auseinandersetzung bringt ihn in Kontakt mit seiner Angst, und dagegen hilft ihm am besten körperliche Nähe – wobei Sex natürlich den Gipfel der Intimität darstellt.

Bleiben Sie möglichst cool, während Sie ihm Ihren Standpunkt erklären. Sie könnten etwa sagen: »Ich finde, wir sollten uns beide erst mal beruhigen, danach kehrt meine Lust auf Sex auch wieder zurück.« Auf diese Weise machen Sie ihm klar, dass Sie zwar gerade in einer anderen Stimmung sind als er, dass Sie aber zukünftig auch wieder Sex mit ihm haben wollen.

“Von Professionellen Therapeuten wie Xaviera Hollander wissen wir: Männer schätzen es bei Frauen sehr, wenn sie Verständnis dafür haben, wie Männer denken.”

MANCHMAL WILL ER NUR SCHNELLEN SEX

Sie entdecken, dass Ihr Partner morgens zwar durchaus Interesse am Sex hat, doch dann scheinbar seine Meinung ändert und missmutig fluchtartig das Bett verlässt. Auf Ihre Nachfrage erklärt er, dass ihm der Sinn eigentlich nur nach einem Quickie steht und er kein langwieriges Vorspiel will. Weil er aber annimmt, dass das für Sie niemals infrage käme, ergreift er lieber die Flucht, solange es noch geht. Das Ganze frustriert ihn jedoch über die Maßen.

Stimmt es, dass diese Art von Sex völlig inakzeptabel ist? Oder kann es in einer lebendigen Partnerschaft auch dafür Raum geben? Es gibt so viele verschiedene sexuelle Erfahrungen, die man gemeinsam machen kann – und lustvolle Quickies gehören dazu. Wenn Ihr Partner nie etwas anderes will, könnte man es vielleicht als »falsch« oder egoistisch bezeichnen. Aber zur Abwechslung könnte es Ihnen ja durchaus Spaß machen, den Sex mal ausschließlich an seinen Bedürfnissen auszurichten.

Tipp Es stellt sich schnell heraus, dass die verschiedenen Ausdrucksweisen der männlichen Sexualität nur zu verstehen sind, wenn frau sie korrekt interpretiert. Sobald Sie richtig einschätzen können, welche Beweggründe hinter seinem Verhalten stecken, können Sie viel positiver darauf reagieren.

ER WILL SEX, ABER SIE SIND VON DER BABYPFLEGE **VÖLLIG ERSCHÖPFT**

Er glaubt, dass das Baby Ihre ganze Aufmerksamkeit bekommt. In dieser emotional schwierigen Phase braucht er von Ihnen die Bestätigung, dass Sie ihn nach wie vor mindestens so sehr lieben wie das Baby. Deshalb fordert er Ihre Aufmerksamkeit, indem er Sex von Ihnen will.

Ich würde nie einer Frau zum Sex raten, wenn ihr nicht danach ist, aber ich bin immer dafür, aufeinander einzugehen. Sie könnten ihm sagen: »Ich liebe dich über alles und du bedeutest mir unendlich viel. Lass mich nur schnell das Baby ins Bett bringen, dann kann ich dich umarmen.« Kuscheln Sie sich eng an ihn, aber machen Sie ihm klar, dass Sie momentan nicht weiter gehen wollen. Umarmen Sie ihn, und sagen Sie ihm, wie sehr Sie ihn lieben. So bekommt er keinen Sex, aber die nötige Bestätigung von Ihnen.

Tipp Frauen scheuen sich oft, sich vorbehaltlos auf die männliche Mentalität einzulassen. Vielleicht befürchten wir, auf irgendwelche unappetitlichen, unerfreulichen männlichen Gelüste zu stoßen, oder dass unsere eigenen Bedürfnisse darin keinen Platz finden könnten. Doch sobald wir die männliche Lust und ihre Bedeutung verstehen, können wir auch besser damit umgehen.

DER SEX SOLL IMMER GENAU **GLEICH ABLAUFEN**

Nicht alle Männer wünschen sich Abwechslung beim Sex. Sobald sie ein befriedigendes Arrangement gefunden haben, können manche anscheinend keinen Millimeter mehr davon abrücken. Wenn Sie ihm sagen, dass Sie sich mal etwas anderes als die übliche Routine wünschen, reagiert er, als ob Sie ihn gerade beleidigt hätten. Seiner Meinung nach kann man Sex nur entweder »richtig« oder »falsch« machen, dazwischen gibt es nichts. Für eine neugierige, experimentierfreudige Partnerin kann das äußerst frustrierend sein.

Nach meiner Erfahrung bekommt man zu diesen Männern den besten Zugang, wenn man sich auf ihre individuelle Logik einlässt. Geht es beim Sex für ihn wirklich darum, was »richtig« oder »falsch« ist? Hat er Angst davor, etwas Neues auszuprobieren? Hilft ihm vielleicht ein Schritt-für-Schritt-Programm, das Sie gemeinsam befolgen, um von seiner Sexroutine wegzukommen? Es fällt ihm vielleicht leichter, wenn Sie ihn dazu ermutigen, die Abwechslung als eine konstante Größe zu betrachten.

“ Schon die allerkleinste Änderung Ihrer Sexroutine kann zu einer bedeutenden Veränderung in seiner Einstellung führen. ”

ER ZIEHT SICH NACH DEM SEX EMOTIONAL VÖLLIG **ZURÜCK. WARUM?**

Während des Liebesspiels ist er bei der Sache, spricht und scherzt mit Ihnen, streichelt Sie und verwöhnt Sie mit Aufmerksamkeiten. Bis zum Höhepunkt scheint er der perfekte Liebhaber zu sein – aber danach ist er wie verwandelt. Er rückt von Ihnen ab, dreht sich weg und will oder kann nichts sagen. Sie fühlen sich zurückgewiesen und fragen sich verunsichert, ob Sie etwas falsch gemacht haben, oder ob er sich Ihnen plötzlich nicht mehr verbunden fühlt.

Dabei kann es sich um eine heftige körperliche Reaktion auf Sex handeln: Er hat so viel Energie investiert, dass er seine »Batterien« erst wieder aufladen muss. Wenn man sich völlig verausgabt hat, fällt jede Bewegung schwer. Es ist auch ganz normal, dass man nach dem Orgasmus tief entspannt ist.

Es gibt noch eine andere Erklärung für dieses Verhalten: Meiner Meinung nach ist es für viele Männer wichtig, alles im Griff zu haben. Beim Höhepunkt verlieren sie jedoch die Kontrolle. Und danach ziehen sie sich erst einmal zurück, um diese Kontrolle wieder zu erlangen.

Tipp Mit emotionaler Distanz – oder, noch schlimmer, seinem Wegdösen – nach dem Sex kommen Sie am besten klar, wenn Sie seine Bedürfnisse kennen und versuchen, sie zu tolerieren. Außerhalb des Bettes können Sie ihm erklären, dass es für Sie wichtig ist, nach dem Sex auch mal zu kuscheln, während er sich erholt.

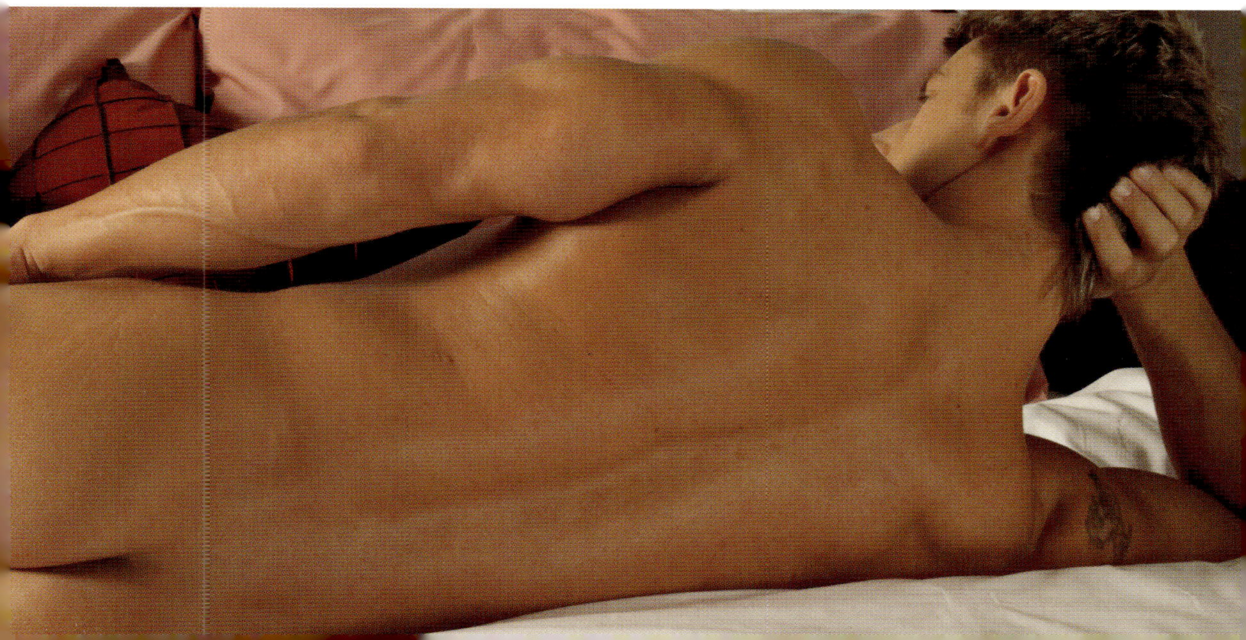

Was Männer anmacht

Sobald Sie die sexuelle Psychologie Ihres Partners ergründet haben, können Sie entscheiden, welche der Verführungsszenen auf dieser und den nächsten Seiten ihn wohl am meisten reizt. Wahrscheinlich sind aber alle fünf ein Volltreffer.

SIE HAT **KEINERLEI VORBEHALTE**

Sie ist mit ihrem Körper und dem ihres Partners völlig im Einklang. Seine intimen Falten, Spalten und Höhlungen erforscht sie ebenso gerne wie die fortgeschritteneren Sexpraktiken. Wenn sie leicht zum Höhepunkt kommt, ist das ein großes Plus, es muss aber nicht sein. Was zählt, ist, wie bereitwillig sie sich über seine Erektion stülpt, wie begierig sie seine Prostata ertastet und wie gerne sie Fesselspiele und andere sanfte S/M-Variationen mitmacht. Sie kennt keine Reue oder Schuldgefühle, deshalb braucht ihr Partner auch keine zu haben.

> “WENN DIE VERFÜHRUNG NICHT AUF DEN MANN ZUGESCHNITTEN IST, HAT ER DAS GEFÜHL, DASS DIE PARTNERIN NUR EINE X-BELIEBIGE SZENE MIT IHM DURCHSPIELT.”

SIE KRIEGT NICHT GENUG **VON IHM**

Ihre Begierde ist nicht zu bremsen. Es schmeichelt ihm über alle Maßen, dass sie einfach nicht genug von ihm bekommt. Dass sie so von ihm hingerissen ist (und jede sexuelle Geste von ihm unglaublich erotisch findet), macht ihn wahnsinnig an. Egal wie oft, sie ist immer für Sex zu haben – aber nicht etwa aus Gewohnheit oder Pflichtgefühl. Sie steht einfach auf ihren Partner, will ihn mit Haut und Haaren und zeigt das auch ganz offen.

SIE IST **RAFFINIERT**

Diese Frau ist eine *Kamasutra*-Expertin. Jeder Mann sieht in seiner Fantasie die etwas ältere Französin in ihr, die den unerfahrenen Jungen in Liebesspiele einführt, von denen er nicht zu träumen gewagt hätte. Sie ist erfahren und weiß, wie ihr Körper reagiert, kennt sich aber auch mit dem Körper des Mannes aus. Sie demonstriert ihre Künste in der Praxis; wenn er also fürchtet, vorschnell zum Höhepunkt zu kommen, übernimmt sie das Ruder – und plötzlich kann er stundenlang durchhalten. Sie setzt ihre Kenntnisse geschickt ein, denn sie beherrscht die verschiedensten sexuellen Techniken.

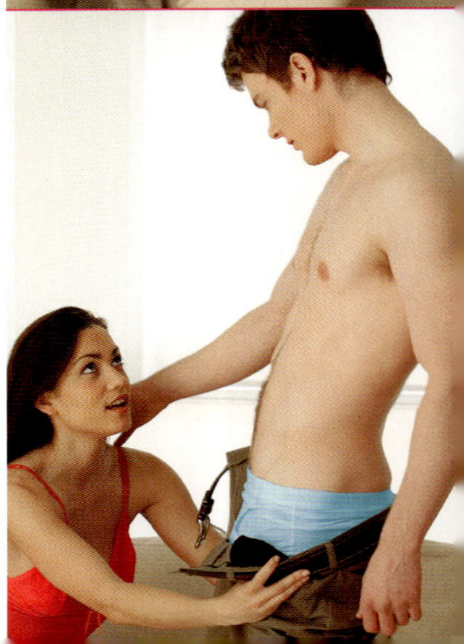

SIE ERGREIFT DIE **INITIATIVE**

Sie wartet nicht, bis er auf sie zukommt, sondern wird einfach selbst aktiv. Wenn Sie wüssten, wie sehr sich Männer danach sehnen, dass ihnen die Verantwortung für den Sex einmal abgenommen wird, würden Sie garantiert nicht zögern, es ihr gleich zu tun. Es geht nicht darum, ihn mit der Dampfwalzenmethode zu überrollen und einzuschüchtern, sondern Sie sollten einen ersten Schritt wagen und dann abwarten, wie er sich verhält. Reagiert er positiv, sollte ein weiterer Schritt von Ihnen folgen, bevor Sie die Stimmung erneut ausloten. Bei gutem Sex dreht sich alles um das Wechselspiel zwischen den Partnern. So kann zwischen Ihnen beiden eine wunderbare, spontane, wahrhaft kreative Sexualität entstehen.

BEIM ORALSEX IST SIE **KLASSE**

So gut wie alle Prostituierten sind sich einig, dass Männer es lieben, oral verwöhnt zu werden. Das liegt zum einen an den intensiven Empfindungen am Penis, zum anderen aber auch daran, dass er sich dabei ganz auf sich selbst konzentrieren kann und sich nicht gleichzeitig um die Bedürfnisse der Partnerin zu kümmern braucht. Vielleicht findet er es aber auch höchst erotisch, wenn er Sie so vor sich knien sieht. Aus welchem Grund auch immer – Fellatio hat einfach etwas ultimativ Erregendes.

Was Männer abtörnt

Oft ist die Rede davon, was Männer anmacht, aber kaum je hört man etwas darüber, was sie abtörnt – obwohl es da genauso Interessantes zu erfahren gibt. Eine informelle Umfrage in meinem Freundeskreis ergab, dass die folgenden drei Dinge an Frauen eindeutig abschreckend wirken.

WENN FRAUEN SIE KRITISIEREN

Wohl jeder Mann möchte von seiner Partnerin angebetet werden. Er will sich großartig fühlen – wohl wissend, dass viele seiner Aktionen alles andere als großartig sind. Männer wollen nicht kritisiert werden. Je mehr Sie an ihm bemängeln, desto eher fühlt er sich, als würden Sie ihm ein Messer in den Leib rammen. Sollte man es deshalb lieber ganz lassen? Auch in jenen Momenten, in denen Sie das Gefühl haben, die Zukunft Ihrer Partnerschaft steht auf dem Spiel, wenn Sie jetzt nichts sagen?

Es gibt einen großen Unterschied zwischen destruktiver und konstruktiver Kritik. Wenn ständig vorwurfsvoll Kritik geübt wird, nagt das am Selbstbewusstsein – Schmerz und Wut sind die Folgen. Sagt Ihnen beispielsweise jemand, Sie seien eine Niete beim Oralsex, dann fühlen Sie sich schlecht und werden wenig motiviert sein, es wieder zu versuchen. Männer reagieren auf diese Art von weiblicher Kritik so sensibel, dass die gesamte gemeinsame Sexualität darunter leiden kann.

Weit ungefährlicher ist dagegen konstruktive Kritik. Sie besteht aus einem Kommentar, der durch ein Lob abgemildert wird. Etwa so: »Ich freue mich riesig, dass du mich oral verwöhnen willst. Ganz besonders gefällt es mir, wenn du die Klitoris zart von unten nach oben leckst, das macht mich ganz wild.« Dadurch fühlt er sich toll, während Sie ihn gleichzeitig darum gebeten haben, Ihnen etwas Gutes zu tun.

Sex-Geheimnisse Für Xaviera Hollander, bekannt aus dem Film »Madame von New York«, lautet die erste Regel beim Sex: Wenn du die Sexgöttin seiner Träume sein willst, musst du deinen Mann dazu bringen, dass er sich wie ein Gott fühlt.«

STARK PARFÜMIERTE FRAUEN

Manchmal finden Männer einen kräftigen Duft so überwältigend, dass er wie eine Barriere wirkt. Frauen glauben oft, dass Männer auf starke Parfümierung stehen, aber in Wahrheit nimmt ihre Nase die weiblichen Düfte viel feiner wahr als unsere eigene Nase. Was für eine nichts ahnende Frau vielleicht bloß ein Spritzer Parfum ist, könnte ihren Mann schon fast in die Knie zwingen.

Tupfen Sie das Parfum an einige Stellen, statt es großflächig aufzusprühen, und wählen Sie lieber leichte, blumige Noten statt schwere, erdige. Versuchen Sie nicht, Ihren natürlichen Duft unter den Achseln und in der Schamgegend zu übertönen. Das sind erotisierende Gerüche, solange Sie sich regelmäßig waschen und keine Infektion haben.

Sex-Geheimnisse Von Napoleon Bonaparte ist überliefert, dass er seiner Frau Josephine mitteilen ließ: »Ich komme bald nach Hause. Wasch dich nicht mehr bis dahin.« Der Kaiser fand die natürlichen Körperaromen seiner Frau höchst erotisch.

ZIMPERLICHE FRAUEN

Mit so einer Frau fühlt sich ein Mann schon schlecht, wenn er nur völlig normale sexuelle Gelüste hat. Es gibt natürlich auch heikle Männer, die eine Massage im Analbereich schneller ablehnen, als man »Orgasmus« sagen kann. Andere jedoch lieben den Sex heiß, verschwitzt, mit natürlichem Aroma, und sie wollen dabei auch allerhand unerforschtes Terrain erkunden dürfen: Wenn die Frau auf ihre Wünsche voller Abscheu reagiert, frustriert sie das.

Zimperliche Frauen laufen nicht nur Gefahr, ihre Partner zu enttäuschen, sondern sie enthalten sich auch selbst sexuelle Erfahrungen vor. 1968 schrieb die Feministin Germaine Greer: »Wenn du noch nie dein Menstruationsblut geschmeckt hast, Schwester, dann hast du nicht wirklich gelebt.« Über diesen Satz entsetzte sich eine ganze Generation von Frauen, aber er brachte sie auch zum Nachdenken. Denn von ihren Partnern erwarteten sie, dass die ihre Vaginalflüssigkeit schmeckten – warum also sollten sie nicht auch selbst einen lockeren Umgang damit haben? Und bedeutete das nicht auch, dass Frauen mit den intimen Zonen, Geschmäckern und Gerüchen der Männer lockerer umgehen sollten?

“Männer fühlen sich sexuell wohler mit Frauen, die unbefangen mit ihrem Körper und seinen Funktionen umgehen.”

KAPITEL 2

Die Mentalität

Wenn Sie für Ihren Partner die Sexpartnerin aller Zeiten werde wollen, sollten Sie einschätzen k nen, wie es ist, männlich zu sein könnte es sich körperlich anfüh wie emotional? Sobald Sie einen blick in die sexuellen Tiefen sein Seele haben, wäre es ratsam, sich auch mit Ihrer eigenen inneren tung zu beschäftigen. Sind Sie d vertraut, dann können Sie ihn v Selbstvertrauen geistig und kör lich noch stärker erregen, bis er schließlich ganz überwältigt ist.

“Ihm regelmässig eine Exhibitionistin vorzuspielen, mag unrealistisch sein; aber Sie verwöhnen ihn sehr, wenn Sie ihm gelegentlich eine extravagante Sex-Show bieten.”

Feuern Sie die Exhibitionistin in Ihnen an

Vielen Frauen fällt es schwer, sich vor ihrem Partner zu entblößen und zur Schau zu stellen; doch viele Männer lieben diesen Voyeurismus. Sie möchten Ihnen gerne beim Striptease, beim Masturbieren oder bei gewagten Sexpraktiken zusehen. Männer reagieren auf optische Reize viel stärker als Frauen, das steht fest. Wenn Sie Ihrem Partner den Atem rauben wollen, gibt es kaum etwas Besseres, als für ihn einen tollen Auftritt hinzulegen.

ÜBUNGSPROGRAMM FÜR **EXHIBITIONISTINNEN**

- **Entkleiden** Sie sich vor einem großen Spiegel: Ziehen Sie ganz langsam Stück für Stück aus.
- **Begutachten** und liebkosen Sie dabei Ihren Körper.
- **Tanzen** Sie aufreizend, aber nur zu Ihrem eigenen Vergnügen. Wenn Sie sich dabei unwohl fühlen, biegen und drehen Sie Ihren Körper einfach nur sinnlich und langsam hin und her, und wiegen Sie sich in den Hüften. Animierende Musik hilft dabei sehr.
- **Setzen** Sie sich nackt in einen großen Sessel vor dem Spiegel und streicheln Sie sich, auch die Genitalien. Riskieren Sie ab und zu einen verstohlenen Blick in den Spiegel.

Tipp Lassen Sie sich ein auf die erotischen Gefühle, die in Ihnen aufsteigen, geben Sie sich ihnen ganz hin. Streben Sie keinen Orgasmus an, genießen Sie einfach die köstlichen Empfindungen.

Erforschen Sie Ihre Fantasien

Der ehemalige Direktor des Kinsey-Instituts, John Bancroft, glaubt, dass Testosteron die sexuelle Einbildungskraft anregt. Wenn das stimmt, ist klar, warum Männer stärker zu sexuellen Fantasien neigen als Frauen. Da unsere Fantasie eine wichtige Facette unserer Sexualität ist, sollten Sie eine Ahnung davon bekommen, wonach Ihr Partner sich im Inneren sehnt. Vorher müssen Sie aber mit Ihrer eigenen Fantasiewelt auf Du und Du sein.

LERNEN SIE, ZU **FANTASIEREN**

Fantasien können die sexuelle Erregung so sehr steigern, dass dadurch die Höhepunkte intensiver werden. Frauen, die nur sehr schwer zum Orgasmus kommen, können mithilfe einer Fantasie ihre Erregung verstärken und dann doch einen Orgasmus erreichen.

Doch leider empfinden viele Frauen Unbehagen wegen ihrer Fantasien, und sie entwickeln daher alle möglichen Strategien, um ihren Geist beim Sex »rein« zu halten. Manchmal soll damit möglichen Versagensängsten vorgebeugt werden, falls die sexuellen Fantasien sich nicht befriedigend verwirklichen lassen. Aus meiner therapeutischen Praxis weiß ich, dass es gewissen Frauen schwer fällt und andere es gar nicht fertig bringen, sich mit sexuellen Fantasien zu stimulieren. Und auch jene, die ihre erotischen Fantasien oft und frei einsetzen, haben meist nicht solche Hardcore-Szenarios im Kopf wie viele Männer.

Wenn Ihr Gehirn sich immer automatisch auf die Büroarbeit, die Kindererziehung oder den Haushalt konzentriert, fällt es Ihnen möglicherweise schwer, auf etwas weniger Reales umzuschalten. Vielleicht brauchen Sie Hilfe dabei, die sinnlichen Filme in Ihrem Kopf zum Laufen zu bringen: Eine ungestörte

Entspannungsübung

Gehen Sie wie folgt von unten nach oben durch den Körper: Spannen Sie zunächst die Zehen an, zählen Sie bis drei und lassen Sie wieder locker. Dann spannen Sie die Beine an und lassen wieder locker usw., bis zum Gesicht und Kopf. So entspannt sich nach und nach der ganze Körper. Bei hartnäckig verspannten Zonen wiederholen Sie die Übung.

Auszeit in einer gemütlichen Umgebung und etwas erotische Literatur kann schon Wunder wirken.

FANTASIE-SCHRITTE

1 Als Erstes suchen Sie sich einen ruhigen Ort, wo Sie entspannt fantasieren können. Stöpseln Sie das Telefon aus, schließen Sie die Schlafzimmertür ab, und sorgen Sie dafür, dass Sie niemand stört. Zur Not hängen Sie ein Schild vor die Tür. Was immer Sie »entstresst«, sollten Sie sich gönnen. Ich empfehle ein sinnliches Vollbad mit duftendem Badezusatz und sanfter Musik oder die Entspannungsübung auf Seite 30.

2 Lassen Sie Ihren Geist frei umherschweifen, bis Ihnen ein erotischer Gedanke kommt. Schieben Sie ihn nicht beiseite, sondern nähren Sie ihn ganz bewusst. Ihre Fantasie darf sich dabei frei entfalten; unterstützen Sie sie, indem Sie sich selbst streicheln. In den nächsten Tagen können Sie immer wieder zu Ihrer Fantasie zurückkehren und sie ausbauen. Gehen Sie jedes Mal einen kleinen Schritt weiter, so weit Sie können.

3 Falls Sie gar keinen Einfall haben, ist erotische Literatur eine echte Hilfe. Manche Frauen mögen auch erotische Fotografien. Ein beliebtes und probates Buch für diese Zwecke ist Nancy Fridays *»Befreiung zur Lust«* (siehe auch Seite 214).

4 Vielleicht wollen Sie Ihre Fantasie aufschreiben? Bitten Sie Ihren Partner, ebenfalls eine seiner Fantasien für Sie aufzuschreiben. Dann können Sie Ihre jeweiligen Geschichten austauschen. Indem Sie Ihre eigene Fantasiewelt ausloten und Ihre Fantasien ungeniert mit dem Partner teilen, können Sie Ihrer gemeinsamen Sexualität völlig neue Dimensionen eröffnen.

5 Besorgen Sie sich ein Buch mit erotischen Männerfantasien und lesen Sie es gründlich. Können Sie das, was Sie da erfahren, auch nachvollziehen und akzeptieren? Einige Männerfantasien finden Sie beispielsweise in der Sammlung *Wildkirschen* von Lonnie Barbach.

„Was Sie aus Ihren sexuellen Erfahrungen gelernt haben, ist der Schlüssel für zukünftige erfolgreiche Beziehungen."

Auf Erfahrungen aufbauen

Ob man ein guter Liebhaber wird und wie man einen guten Liebhaber erkennt, hat zum Großteil mit unseren Erfahrungen und unserer Partnerwahl in der Vergangenheit zu tun. Dabei bauten wir uns eine Art mentales Nachschlagewerk auf, mit dem wir bestimmte Anzeichen und Merkmale für männliche Potenziale abgleichen. Im besten Fall nützen wir diese »Privatbibliothek«, um für unsere zukünftige Partnerwahl daraus zu lernen.

IHRE BESTEN UND SCHLIMMSTEN ERLEBNISSE

Erinnern Sie sich in einer ruhigen Stunde an Ihre besten sexuellen Erfahrungen. Können Sie erkennen, welche Dinge daran besonders gut für Sie waren? Sie könnten sich dabei auch in die Rolle Ihres Liebhabers versetzen: Gibt es daran auch etwas, was ihm besonders Spaß macht? Und können Sie die beiden Perspektiven zusammenbringen? Wenn nicht, was könnten Sie ändern, damit es für beide ein umwerfendes Erlebnis wird?

Der amerikanische Therapeut Bernie Zilbergeld (siehe Seite 219) ist der führende Experte für sexuelle Probleme bei Männern. Er empfiehlt, dass Sie sich Ihre drei besten sexuellen Erfahrungen ansehen und sich notieren, welche »Zutaten« beim jeweiligen Szenario wichtig waren. Wenn Ihnen keine drei aufregenden Sexszenen einfallen, nehmen Sie wenigstens eine.

Vielleicht geht es um ganz profane Details: ein warmes, behagliches Zimmer oder sanfte Beleuchtung; oder um extremere Gefühle – etwa, als Sie fast in Ohnmacht fielen, weil der Orgasmus so stark war. Zilbergeld empfiehlt auch, dass Sie Ihre drei schlimmsten Erlebnisse im Zusammenhang mit Sex aufschreiben und sich überlegen, wie Sie sie hätten verbessern können.

Tipp Ergänzend zu Bernie Zilbergelds Übungen schlage ich vor, dass auch Ihr Partner seine besten und ärgsten Erlebnisse notiert. Wenn er bereit ist, mit Ihnen darüber zu reden, können Sie beide viel übereinander erfahren. Das Ganze soll keine Konkurrenzsituation sein, sondern Ihnen die Gelegenheit bieten, sich über Ihre Erfahrungen auszutauschen.

Welches Geschlecht haben Sie? Und welches hat er?

Jeder Mensch verfügt über weibliche wie auch über männliche Anteile, die sich auf unser Leben und unsere Sexualität auswirken. Männlichkeit und Weiblichkeit entwickeln sich nicht nur durch unsere Gene, sondern sind auch geprägt durch die hormonellen Bedingungen im Mutterleib und durch die Erfahrungen, die wir mit unserer Umwelt machen. Diese drei Dinge beeinflussen sich gegenseitig. Begreifen Sie also Ihren Mann als ein Rätsel, das Sie lösen wollen.

DER **ZEIGEFINGERTEST**

Wollen Sie das sexuelle Potenzial Ihres Partners abschätzen, ohne ihn wissen zu lassen, was Sie im Schilde führen? Wie lang Zeige- und Ringfinger sind, hängt zum Teil damit zusammen, wie viele Sexualhormone der Körper produziert. Männer, die viel Testosteron produzieren, haben in aller Regel längere Ringfinger als Zeigefinger. Bei Frauen, die besonders viele weibliche Geschlechtshormone (u. a. Östrogen, Prolaktin und Progesteron) produzieren, sind meist die Ringfinger kürzer als die Zeigefinger.

Inspizieren Sie seine Hände also einmal unauffällig – Ihr Augenmaß ist dabei zuverlässig genug. Sind seine Ringfinger relativ kurz, dann ist er vielleicht im Inneren ein viel sanfterer Typ, als es auf den ersten Blick den Anschein hat. Und wenn bei Ihnen selbst die Ringfinger vergleichsweise lang sind, kann das bedeuten, dass Sie trotz Ihrer femininen Ausstrahlung ein starkes, selbstbewusstes Interesse am Sex haben und Ihre Sexualität gerne genauer erforschen wollen.

> „Wir alle haben männliche und weibliche Anteile. Der Umfang, in dem sie jeweils vorhanden sind, hat einen großen Einfluss auf unser Sexleben.“

Fakten Testosteron ist ein männliches Geschlechtshormon, das die Hoden und – in sehr geringen Mengen – auch die Eierstöcke produzieren. Es regt nicht nur die Entwicklung der Geschlechtsorgane an, sondern auch den Muskelaufbau.

DER **HAARTEST**

Das Testosteron wirkt sich bei einem Mann auch auf die Kopfbehaarung aus. Mit 20 hat er vielleicht eine wahre Lockenpracht, verliert sie aber ab 30 zunehmend, bis er ganz kahl ist. Dafür ist er wahrscheinlich voller Energie und Tatkraft und außerdem sexuell leicht erregbar. Wollen Sie wissen, wie Ihr Partner sich – in puncto Haare – voraussichtlich entwickelt, dann sehen Sie sich seinen Vater an: Haarausfall vererbt sich zumeist.

Bei Frauen bewirkt ein erhöhter Testosteronspiegel normalerweise eine stärkere Körperbehaarung und leichte Gesichtsakne. Das heißt nicht nur, dass sie sexuell wahrscheinlich leichter erregbar sind, sondern sie erfreuen sich auch stärkerer Vitalität und Kraft und haben eventuell auch stärkere erotische Fantasien. Das mag nach *der* Traumpartnerin im Bett klingen, aber die Männer müssen daneben auch mit einer gewissen Bestimmtheit, um nicht zu sagen Dominanz klarkommen.

FÜHLEN SIE SICH **MÄNNLICH** ODER **WEIBLICH?**

Auf diese Frage gibt es keine klaren Antworten. Ich selbst habe Jahre gebraucht, bis ich begriff, dass meine Gefühle eine Mischung aus femininer Passivität (ich liebe es, wenn mein Mann die Initiative ergreift) und überraschend männlichen Zügen darstellen. Ich liebte es, den aktiven Part zu spielen, solange mein Liebhaber dies voll und ganz akzeptierte. Leistete er aber Widerstand, verschloss ich mich und wurde von einer Sekunde zur anderen wieder passiv. Meine kraftvolle Sexualität war eingehüllt in eine dicke Schicht »femininer« Prägung. Wenn Sie das Glück haben, einen Partner zu finden, mit dem Sie offen über Ihre Sexualität reden können, können Gespräche über solche Entdeckungen höchst aufregend und erhellend sein.

Die Zyklen des Sex

Jeder weiß, dass wir von einem attraktiven Liebhaber ganz hingerissen sind; er lässt uns wirklich wild vor Lust werden. Aber dass unsere Sexualität in Zyklen verläuft, sodass wir zu bestimmten Zeiten mehr, zu anderen weniger Lust haben, ist nicht so bekannt. Solche Zyklen gibt es für beide Geschlechter; auf den folgenden Seiten lesen Sie mehr darüber. Wenn sich etwa eine Frau zu einem Mann hingezogen fühlt, ist die Anziehung am Anfang vielleicht nur einseitig. Doch dass sie ihn begehrt, macht sie wiederum für ihn viel attraktiver.

“Der springende Punkt ist, den Zeitpunkt in einem Sex-Zyklus zu erwischen, an dem die Wahrscheinlichkeit, vor lauter Leidenschaft schier zu vergehen, am grössten ist.”

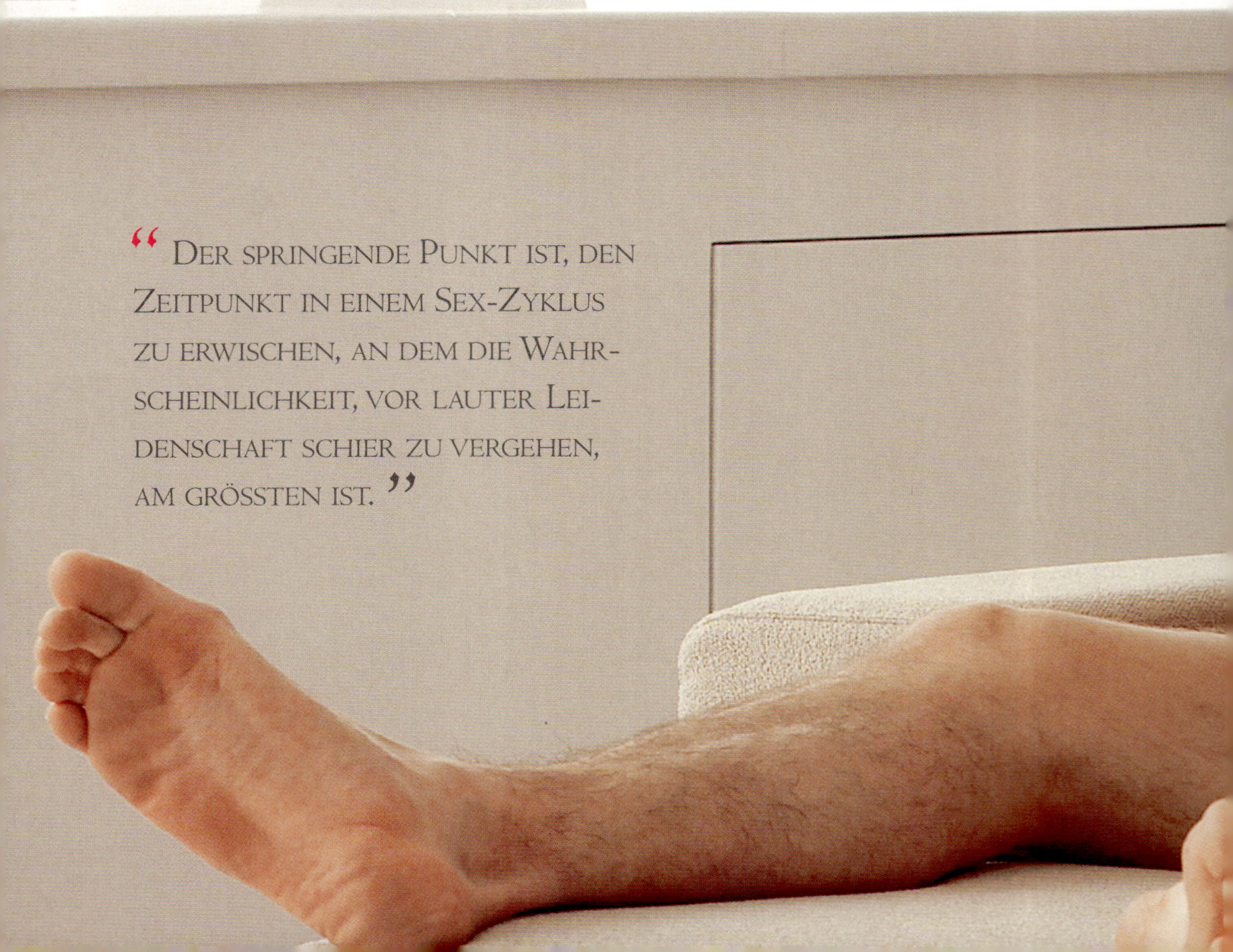

DIE **ZYKLEN** DER **ANZIEHUNG**

Die Sexualpädagogen Vera und Steve Bodansky (siehe Seite 218) entdeckten einen zwischenmenschlichen Anziehungszyklus, der auf einem Ortswechsel oder einer bestimmten Wohnsituation beruht: Ein Mann zieht beispielsweise in eine neue Umgebung oder Wohngemeinschaft. Daraufhin fühlen sich viele Frauen, die bereits dort wohnen, zu ihm hingezogen und fangen nacheinander etwas mit ihm an. (Ich habe dieses Phänomen auch auf Konferenzen beobachtet.) Natürlich fühlt sich der »Hahn im Korb« wie im Paradies. Nach einigen Monaten, in denen mehrere Frauen hinter ihm her waren, klingt das Interesse bei den meisten wieder ab, und schließlich landet er in einer festen Partnerschaft.

Man geht zunehmend davon aus, dass dieser Ablauf durch einen bestimmten, hoch wirksamen sexuellen Lockstoff im männlichen Schweiß ausgelöst wird, von dem sich Frauen angezogen fühlen. Gerade wenn Männer in erotischer Hochstimmung sind, etwa wenn sie neue Frauen kennen lernen oder am Beginn einer neuen sexuellen Beziehung stehen, wirken sie auf rätselhafte Weise besonders anziehend – sowohl auf andere Frauen als auch auf ihre Partnerin.

Tipp Wenn Sie das nächste Mal die Wohnung oder Ihren Arbeitsplatz wechseln, rufen Sie sich diesen Anziehungsmechanismus wieder ins Gedächtnis. Als Neuankömmling haben Sie eine außerordentlich subtile Wirkung auf die Männer und Frauen, mit denen Sie in Kontakt treten – nutzen Sie sie!

DIE **MENSTRUATIONSZYKLEN**

Ein Zyklus dauert etwa 28 Tage, während derer sich der Hormonhaushalt der Frau nach einem bestimmten Muster verändert. Weniger bekannt ist, dass dadurch auch ihr sexuelles Begehren entsprechend variiert.

In jedem Menstruationszyklus gibt es zwei Hochzeiten der Lust: die Zeit rund um den Eisprung etwa in der Mitte jedes Zyklus und – meiner Meinung nach mit wesentlich stärkerer Auswirkung – das Ende des Zyklus. Zu dieser Zeit nimmt die sexuelle Empfindsamkeit ungeahnte Ausmaße an.

Das liegt daran, dass dann sowohl der Östrogen- wie der Progesteronspiegel niedrig sind, wodurch mehr Hormonrezeptoren

Wissenschaft Bereits in den Siebzigerjahren des letzten Jahrhunderts zeigten einige Studien, dass sich Männer zu Frauen hingezogen fühlen, die vom Geruch ihres Schweißes angetörnt werden.

für das Testosteron der Frau frei sind – jenes Hormon, das für den Sextrieb verantwortlich ist. Sie riechen eventuell auch leicht nach Moschus, was wiederum aphrodisisch wirkt. Berücksichtigen Sie diese erotischen Zeiten, wenn Sie ein Date oder ein romantisches Wochenende planen.

Tipp Besonders intensive Erotik und sexuelle Spannung können Sie im Frühjahr oder Herbst während der zweiten Hälfte Ihres Menstruationszyklus erwarten.

DER **ZYKLUS** DER **JAHRESZEITEN**

Viele von uns leben in der Stadt und bekommen den Wechsel der Jahreszeiten nur am Rande mit. Dennoch fällt es natürlich auch Städtern auf, dass es im Sommer warm und im Winter kalt ist. Extreme Hitze und Kälte sind unserer Libido eher abträglich: Der Körper braucht seine Energie dann vor allem zur Erhaltung seiner Temperatur, für genüssliches Ausleben der Sexualität bleibt dann weniger Kraft übrig.

Frühling und Herbst dagegen gelten mit ihren milderen Temperaturen als die Jahreszeiten der Erneuerung bzw. der Konsolidierung. Wir sind energetisch fit und fühlen uns körperlich munter. Zu diesen Zeiten heiraten die Menschen oft und zeugen Kinder.

Ihre geheime Schatztruhe

Stellen Sie sich eine »Schatztruhe« mit erotischen Spielsachen zusammen und lassen Sie sich dadurch erregen. Wenn Sie Ihrem Partner diese Sammlung zeigen, wird er sicherlich neugierig und bekommt Lust, alles auszuprobieren. Die ehemalige Prostituierte Xaviera Hollander (siehe Seite 218) empfiehlt, sich eine erotische Spielkiste anzulegen, die auch entsprechende Lektüre enthält. So können Sie sich gegenseitig anregende Geschichten vorlesen und gemeinsam animierende Fotos ansehen.

DIE **EROTISCHE SPIELKISTE**

Zunächst einmal ist das Äußere wichtig: Ein alter Schuhkarton, aus dem irgendwelche angegammelten Dildos herausragen, wirkt sicher nicht sehr einladend. Sie müssen schon etwas kreativ sein, wenn Sie etwas Geeignetes finden wollen – schließlich findet man solche Boxen normalerweise nicht so leicht im Handel. Ich finde zum Beispiel eine Schachtel oder Kiste, die mit rotem oder schwarzem Lack oder pinkfarbener Seide überzogen ist, sehr attraktiv und geschmackvoll. Innen könnte sie mit Chiffon oder Satin ausgekleidet sein.

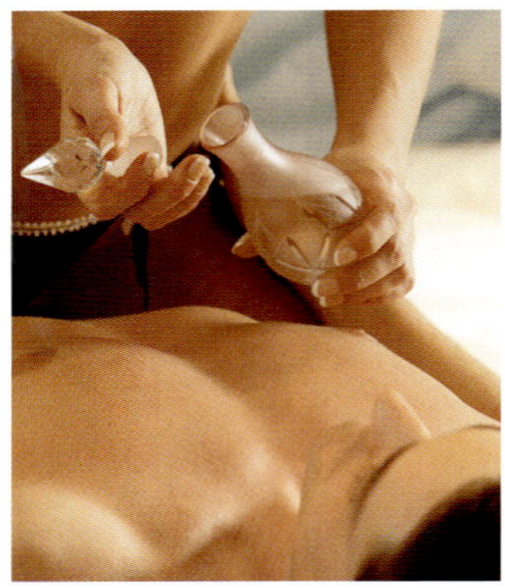

Eine Freundin von mir hat ihre Kiste mit wunderschönen Jugendstil-Zeichnungen verziert, die gertenschlanke, in durchsichtigen Musselin gehüllte Frauen darstellen, die einander umschlingen.

Damit nicht ahnungslose Gäste die Geheimnisse Ihrer intimen Schatztruhe enthüllen, sollten Sie ein stilvolles silber- oder goldfarbenes Schloss anbringen.

DIE GEHEIMEN SCHÄTZE

1 Schmuck

2 Souvenirs – vielleicht tauschen Sie mit Ihrem Liebhaber sexy Unterwäsche aus?

3 »Wundertüte« – für die extravaganten Utensilien: Handschellen, selbstklebende Tatoos, eine Augenmaske, Strapse, eine Lederklatsche oder ein Lederhalsband mit Leine

4 Ihr Lieblingsvibrator

5 Gleitmittel – z. B. auf Silikonbasis oder aromatische Gelkapseln für den Oralsex

6 Bilder und Fotografien

7 Massageöl in attraktiver Flasche

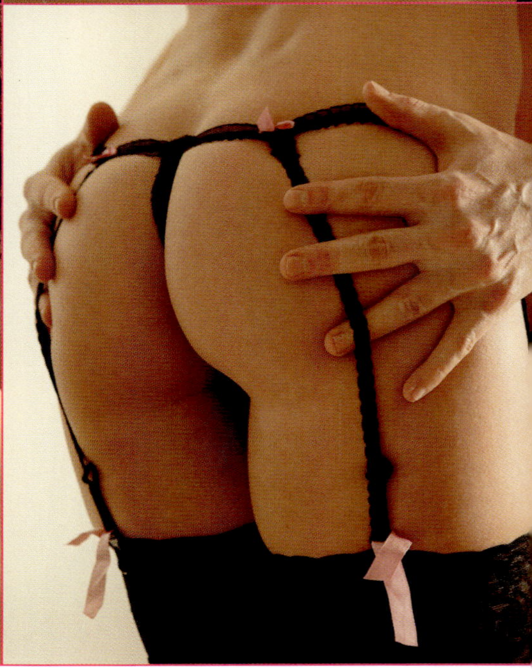

KAPITEL 3

Geheimnisse des Vorspiels

Auch wenn Sie schon darauf brennen, Ihre Liebeskünste anzuwenden, sollten Sie noch etwas damit warten: Ungeduld, Ängstlichkeit und sogar Wut können beim Aufbau der sexuellen Erregung eine elementare Rolle spielen. Das könnte mit der Geographie des Gehirns zusammenhängen; die Areale für Wut und Angst liegen ganz nah neben denen für sexuelle Erregung. In diesem Kapitel erfahren Sie alles über die wunderbaren. magischen Möglichkeiten, mit denen Sie das Vorspiel verlängern können.

Das einladende Schlafzimmer

Wenn Sie wollen, dass Ihr Schlafzimmer auf einen Mann attraktiv wirkt, sollten Sie im Hinterkopf behalten, dass Männer allein schon von einem reizvollen Anblick sexuell angetörnt werden. Erotische Dekorationsobjekte, Bilder, Beleuchtungseffekte und geschickt platzierte Spiegel bringen ihn auf heiße Gedanken. Fragen Sie sich, welche Atmosphäre ihn besonders anmacht. Neigt er eher zu S/M-Spielen oder wirkt er ganz unschuldig? Steht er auf eine leicht anrüchige Stimmung – oder schüchtert ihn alles ein, was über Pastellfarben und Blumenmuster hinausgeht?

DAS **FEMININE SCHLAFZIMMER**

Es ist hübsch eingerichtet und ordentlich. Die Bettwäsche ist sauber und gebügelt, die Farben sind dezent und aufeinander abgestimmt, und die Vorhänge treffen genau in der Mitte des Fensters zusammen. Weißer Musselin hängt über dem Bettende und erinnert flüchtig an eine tropische Umgebung. Es ist behaglich warm und im mehrarmigen Kerzenhalter brennen bereits die Kerzen. Es liegen keine Kosmetika oder Kleidungsstücke herum und die Bettdecke ist einladend zurückgeschlagen.

SO **WIRKT** ES **AUF EINEN MANN**

Es fühlt sich völlig neu an, sich in dieser übersichtlichen, geordneten Umgebung hinzulegen – ohne vorher erst noch den Pizzakarton von gestern Abend und einen Haufen unsortierter Socken auf die Seite schieben zu müssen ... Der Raum lässt auf eine sachliche Frau mit traditionellen Wertvorstellungen schließen, er kann sich aber auch überraschend in eine Arena für wilden Sex verwandeln.

DAS **ROMANTISCHE SCHLAFZIMMER**

Vom Himmelbett hängt kunstvoll drapierter Musselin und auf dem Bett sind Blütenblätter von herrlichen rosa Rosen verstreut. Die Besitzerin hat dafür gesorgt, dass es überall himmlisch duftet, wahrscheinlich nach Rosen. Eine Nachttischlampe beleuchtet sanft einen Teil des Raums, und neben dem Bett hängt oder steht ein großer Spiegel, der wie ein Ankleidespiegel wirkt, aber zufällig genau das Paar im Bett reflektiert.

SO **WIRKT** ES **AUF EINEN MANN**

Die Besitzerin hat eine romantische Vorstellung von Sex und hat das *Kamasutra* gelesen. Sie kennt sich vermutlich in den Sextechniken aus, ist aber nicht allzu erfahren. Die feminine Ausstrahlung des Raums könnte bedeuten, dass sie gerne mehr ausprobieren und sich dem männlichen Enthusiasmus anschließen möchte.

Das Spielzimmer für Erwachsene

Am anderen Ende des Spektrums liegt folgende Raumgestaltung: Eine schwarz lackierte Tür führt zu einem Ankleideraum, in dem nur ein winziges violettes Licht brennt. Sobald sich die Augen daran gewöhnt haben, erkennt man Lederbänder und Ketten, die an der Wand hängen, daneben Hundehalsbänder mit Dornen, eine Kollektion schwarzer Peitschen, Brustwarzenklammern mit Gewichten und eine Auswahl weiterer Instrumente für S/M-Spiele. In der Tür gibt es ein Guckloch, durch das man in den Raum hineinspähen, aber auch aus ihm hinausschauen kann. Blickt man hinaus, stellt man fest, dass man direkt auf das Bett schaut. Entweder ergreift der Mann augenblicklich die Flucht oder er erkennt hocherfreut, dass er endlich eine Spielgefährtin gefunden hat, die seine Vorlieben teilt.

> „Je gewagter Sie Ihr Schlafzimmer gestalten wollen, desto genauer sollten Sie die sexuellen Vorlieben Ihres Liebhabers kennen."

DAS **LUXURIÖSE SCHLAFZIMMER**

Das altmodische Bett hat Eisenstäbe am Kopfende, es ist mit leuchtend rotem Stoff bezogen und mit roten Bändern und golddurchwirktem Organza geschmückt. Auf dem Nachttisch liegen Handschellen mit rotem Fellimitat. An einer Seite des Raums steht ein altes Holzgestell, an dem Schals, Seidenblumen, Perlenketten und eine schwarze Peitsche mit glänzenden Latexstreifen dekorativ drapiert sind.

Das Licht kommt von einer roten Lampe oder strategisch geschickt platzierten Kerzen. Auf der Frisierkommode sind einige knallbunte oder glänzende Vibratoren verheißungsvoll in einer Reihe aufgestellt. Davor stehen Flaschen oder Tiegel mit Gleitmittel und an dem großen Spiegel im viktorianischen Stil baumelt eine Augenbinde aus schwarzem Satin.

SO **WIRKT** ES **AUF EINEN MANN**

Der Raum wirkt gleichzeitig mystisch und eindeutig erotisch, eine seltene Mischung. Seine Ausstattung verheißt exzentrisch-schöne Sexpraktiken. Die aufwändige Gestaltung zeigt, dass die Besitzerin genau weiß, was sie tut. Der Mann kann sich hier einer Fantasiewelt hingeben, selbst wenn die Frau vielleicht auf den ersten Blick etwas prüde wirken sollte.

DAS **EROTISCHE SCHLAFZIMMER**

Das Bett ist extrabreit und mit dunklen, seidigen Stoffen bezogen. Durch den Türspalt erkennt man gerade, dass das Bad nebenan schwarz gefliest ist. Am Fußende des Bettes steht eine riesige, geöffnete Holztruhe. Sie enthält Seidenstoffe, schwarze und weiße Rohrstöcke, Peitschen, Klatschen, Seile und Augenmasken, die über den Rand hinaushängen. Eine schwarze Gesichtsmaske und einige verschieden große Vibratoren auf dem Nachttisch sind unverzichtbar. Kerzen sind die einzige Lichtquelle, doch es ist hell genug, um den Wandschmuck zu erkennen.

Hoch erotische Kunstwerke und Fotos an den Wänden spielen in diesem verführerischen Raum eine wichtige Rolle. Es können zum Beispiel ein Bild von Leda und dem Schwan sein oder auch viktorianische Bilder von halb nackten Frauen in Posen, die ihre Brüste herausstellen.

SO **WIRKT** ES **AUF EINEN MANN**

Sobald er die Bilder ansieht, springt ihm der Sex entgegen. Die Frau, die in diesem Raum schläft, kennt beim Sex keine Scham und beherrscht auch die meisten ausgefalleneren Techniken. Das zeigt das geschmackvoll arrangierte Sexspielzeug, das aus der Truhe quillt. In einer solchen Umgebung kann man wahrlich eine Sexpertin erwarten. Dennoch kann das Ganze auf manche Männer auch einschüchternd wirken – so ein Raum lässt hohe Erwartungen an das Liebesspiel erahnen.

Sinnliche Eindrücke

Bei der Vorbereitung auf übersinnlichen Sex sollten sinnliche Materialien und sanftes Licht ganz oben auf der Liste stehen. Hier sind meine acht Favoriten, um die Atmosphäre zu erotisieren.

»Die Vorbereitung und Anbahnung des Geschlechtsverkehrs ist ebenso wichtig wie der Akt selbst.«

ERREGENDES AMBIENTE

- **Kaufen Sie weiche Decken** Eine Decke aus Kunstpelz, ein Lammfell am Boden, ein Bettüberwurf mit Tiger- oder Zebramuster – alles, was exotisch wirkt und sich sinnlich anfühlt. Männer finden Räume voller rosa Rüschen und Blümchen nicht sonderlich erotisch. Ein klein wenig »Wildnis« im Zimmer verhindert, dass er sich allzu sehr entspannt. Er soll die sinnenfreudige Umgebung zwar genießen, aber leichte Anspannung ist erwünscht; sie lässt sich leicht in sexuelle Erregung verwandeln.
- **Duften Sie verführerisch** Ein Schlafzimmer, das nach dem gebratenen Fisch vom Vortag riecht, ist nicht sexy. Der Raum muss gepflegt und gut gelüftet sein. Wenn Sie rauchen, ist es ratsam, vorher eine Rauch verzehrende Kerze anzuzünden und benutzte Aschenbecher und Abfallbehälter oft zu leeren. Besorgen Sie sich ein gutes Raumspray, sonst riecht es bei Ihnen wie in einem billigen französischen Bordell. Er soll vielmehr den Duft einer schönen Frau riechen, sobald er Ihr Reich betritt, und vor Vorfreude soll ihm schon im Nacken kribbeln.
- **Erotische Klänge** Welche Musik wirkt auf Sie sinnlich? Schmelzen Sie dahin bei Ella Fitzgerald oder vergehen Ihnen eher bei Norah Jones die Sinne? Sind Sie ein leidenschaftlicher Rachmaninow-Fan oder verlieren Sie bei Leonard Cohen die Kontrolle über sich? Es gibt viele Musikstile, die

eine erotische Atmosphäre erzeugen – aber übertreiben sollten Sie es nicht.

- **Gedämpftes Licht** Wenn Sie Ihre Lampen nicht dimmen können, sollten Sie sich kleinere Tischlampen besorgen, die nur einen Teil des Raums erhellen. Unter greller Beleuchtung fühlt man sich verletzlich – im Sinne von angreifbar –, aber das Licht roter oder pinkfarbener Glühbirnen ist sehr schmeichelhaft und sexy. Sie könnten auch Kerzen nehmen, aber die müssten Sie im Voraus anzünden, was Ihre »spontane« Verführung vielleicht etwas geplant erscheinen lässt. Kerzen eignen sich eher für das zweite und weitere Dates.
- **Gehirnnahrung** Erotische Gedanken können auf verschiedenen Wegen erzeugt werden: Eine kleine nackte Statue in einer Ecke des Raumes ist eine Möglichkeit, ein erotisches Bild auf einer Staffelei eine andere. Übers Internet finden Sie erotische Bilder für jeden Geschmack; vielleicht wollen Sie sich ein, zwei Drucke einrahmen?
- **Spieglein, Spieglein ...** Die russische Zarin Katharina die Große ließ die Decke über ihrem Bett mit Spiegeln verkleiden, damit sie ihr Liebesspiel aus der Vogelperspektive betrachten konnte. Wenn Sie Angst haben, der Spiegel über Ihnen könnte herunterfallen, tut es auch ein großer, den Sie neben dem Bett aufstellen oder -hängen.
- **Das Bett** Ist es breit genug? Wenn Sie je versucht haben, sich auf einem schmalen Diwan zu lieben, wissen Sie, weshalb ich danach frage. Sie sollten sich auf dem Bett herumrollen können ohne rauszufallen. Es muss nicht die 2-mal-2-Meter-Variante sein, aber Sie brauchen ausreichend Platz.
- **Das Zubehör** In Reichweite, aber möglichst nicht sichtbar sollten Sie Kondome, Kosmetik- oder Papiertaschentücher, Gleitmittel, Vibratoren und Ihr anderes erotisches Spielzeug aufbewahren. Wenn Sie gern im Bett lesen, ist auch eine kleine Auswahl an Sexmagazinen oder erotischen Büchern angebracht.

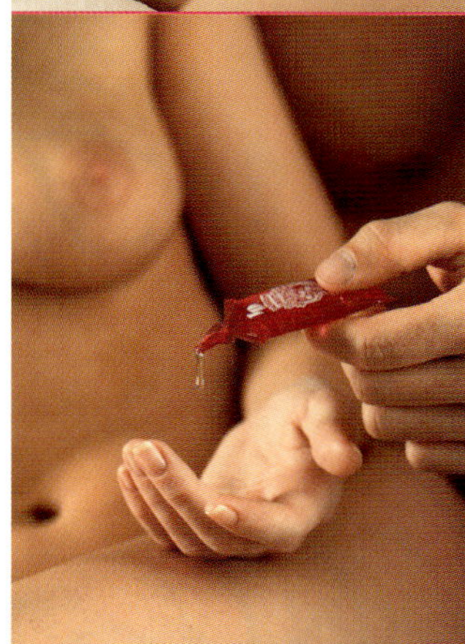
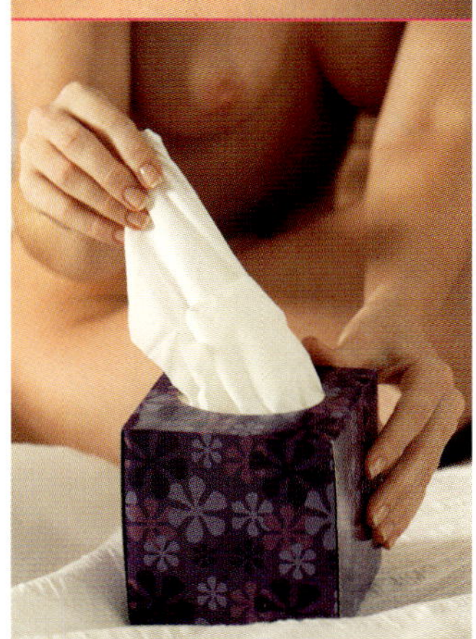

Erotischer Ohrenschmaus

Die schlimmsten Liebhaber sind jene Menschen, von denen man im Bett keinen Mucks hört. Man weiß nicht, ob sie vor lauter Genuss verstummt sind oder gerade heimlich mit Depressionen ringen. Es fehlt jegliches Feedback, sodass man nie weiß, ob man es richtig oder falsch macht. Und da diese Menschen scheinbar kein Vergnügen empfinden, vergeht einem auch die eigene Lust. Probieren Sie folgende Tipps aus.

WIE **DRÜCKE** ICH MICH **AUS?**

- **Geben Sie Geräusche von sich** Es ist nicht schwer, unartikulierte Laute von sich zu geben – atmen Sie lauter oder stöhnen Sie, wenn Sie erregt sind. Sie brauchen nicht zu befürchten, es könnte ordinär wirken – für Ihren Partner ist es ein Kompliment.
- **Küssen Sie ihn** Wenn Sie die Leidenschaft packt, zeigen Sie ihm das, indem Sie ihn mit einem Schwall kleiner Küsse überschütten. Geht es richtig mit Ihnen durch, dürfen Sie auch beißen: nicht so fest, dass es weh tut, aber fest genug, um ihn angenehm zu erschrecken.
- **Überschütten Sie ihn mit Lob** Wenn Ihr Liebhaber Sie wahnsinnig antörnt, dann sollten Sie ihm das auch sagen.

KEIN GRUND, **ZU SCHREIEN?**

Wenn Ihr Liebhaber Ihnen keinen Grund gibt, beim Sex vor Lust laut zu werden, ist er vielleicht nicht der Richtige. Meint er es gut und ist nur nicht besonders geschickt, dann können Sie ihn taktvoll bitten, zu einer anderen Technik überzugehen. Wollen Sie einen Mann dazu bringen, seine Liebeskünste zu verfeinern, motivieren Sie ihn durch Lob.

Therapeutentipp Der englische Sexualtherapeut Phillip Hodson meint, man könne einem Mann gar nicht genug Anerkennung zukommen lassen. Ich würde hier differenzieren. Eine Frau muss auch meinen, was sie sagt, zumindest im jeweiligen Moment; sonst wirkt ihr Lob unaufrichtig.

Die eigenen Säfte aufpeppen

Jeder von uns hat einen ganz individuellen Körperduft, der ihn von den anderen unterscheidet. Zum Teil riechen wir nach den Speisen, die wir gegessen haben, denn im Schweiß gelangt der Geruch unseres Essens an die Hautoberfläche, besonders bei warmem Wetter! Aber auch das Aroma unserer Vaginalflüssigkeit und des männlichen Spermas verändert sich durch die Nahrung.

ZUM **VERNASCHEN**

Ein Hauptproblem vieler Frauen beim Oralsex ist das starke Aroma der männlichen Samenflüssigkeit. Männern geht es umgekehrt manchmal nicht anders: Oralsex bei einer Frau, deren Vagina abstoßend riecht, ist alles andere als ein Vergnügen. Die richtige Ernährung kann hier oft Abhilfe schaffen. Man ist sich weitgehend einig, dass das Rauchen die Körperflüssigkeiten unangenehm schmecken lässt; wenn man den Salzkonsum reduziert, wird die Samenflüssigkeit süßer. Lou Paget (siehe Seite 219) meint, dass das Sperma interessanterweise dickflüssiger oder sogar gummiartig wird, nachdem der Mann rotes Fleisch gegessen hat.

Sex-Geheimnisse Gegen ein bitteres Körperaroma empfiehlt Xaviera Hollander Erdbeeren; auch Lou Paget ist für Obst, sie meint: »Durch den Genuss von Melonen, Kiwis und Ananas schmecken Sie weniger intensiv und süßer.«

DER **LIEBESCOCKTAIL**

Gönnen Sie sich beide vor dem Liebesspiel einen sexy Fruchtshake, damit Ihre Säfte aromatischer schmecken: Pürieren Sie eine Banane ein paar Erdbeeren und einige Stücke Ananas mit etwas Honig im Mixer und würzen Sie vorsichtig mit Zimtpulver und geriebener Muskatnuss, um dem Ganzen einen Hauch von Exotik zu geben.

Unerotische Genüsse

Jeder weiß, dass ein Raucher für einen nichtrauchenden Partner ein ganz schöner Lustkiller sein kann; aber wussten Sie auch, dass Nikotin bei Männern langfristig zu Impotenz und Unfruchtbarkeit führen kann? Wenn Sie jedoch mit 30 aufhören zu rauchen, regeneriert sich Ihre Gesundheit vermutlich wieder. Doch selbst wenn Sie erst später aufhören, ist es durchaus wahrscheinlich, dass Ihre Gesundheit fast vollständig wieder hergestellt wird.

CANNABIS – DAS ÜBLE KRAUT

Aktuelle Statistiken über das Rauchen berücksichtigen auch Marihuana. Es scheint, als hätte Gras sogar noch einen höheren Teergehalt als Tabak, was allein schon schädlich und ungesund wäre. Doch außerdem kann regelmäßiger Cannabis-Konsum noch zu Lethargie und Depression führen, ganz zu schweigen von schweren psychischen Störungen. Weil man ohne Filter raucht, nimmt man beim Kiffen mehr Teer auf. Je öfter Sie Cannabis rauchen, desto weniger Lust auf Sex haben Sie. In Sexualkliniken stellt man als Ursache für mangelndes sexuelles Verlangen häufig eine Abhängigkeit von Cannabis fest.

EINEN ÜBER DEN DURST

Die zweite weit verbreitete Droge, die Ihrem Liebesleben ernsthaften Schaden zufügt, ist Alkohol. Zwar können ein, zwei Gläser Wein die Hemmungen abbauen, falls Sie vor dem Sex etwas verkrampft sind. Doch schon ein Schluck zu viel beeinträchtigt die Libido erheblich: Alkohol senkt den Testosteronspiegel, und Testosteron ist der »Sextreibstoff« unseres Körpers. Ohne das Hormon verlieren beide Geschlechter die Lust und es kommt beim Mann auch zu keiner Erektion mehr.

Tipp Es gibt verschreibungspflichtige Medikamente, die sich nachteilig auf die Sexualität auswirken. Dazu gehören bestimmte Antidepressiva, Barbiturate und andere Schlafmittel; manche Antihistamine und Medikamente gegen Magengeschwüre sowie viele Psychopharmaka. Die Opiate reduzieren generell das sinnliche Empfinden und alle Beruhigungsmittel dämpfen die sexuellen Reaktionen. Immerhin kehren die Libido und die Sexualfunktionen in aller Regel zurück, sobald die Medikamente abgesetzt werden.

Den Partner verwöhnen

Manche Menschen leben jahrelang ohne die Berührung eines anderen vor sich hin. Seit ich sieben war, schloss ich mich immer ein, wenn ich im Bad war; ich hatte meinen ersten Freund mit 16 und meine erste Massage bekam ich mit 30. Ich weiß noch, was für ein köstlicher Genuss es war, als jemand meine Haut und meinen Körper endlich mit massierenden Griffen berührte.

DIE **KRAFT** LIEBEVOLLER **PFLEGE**

Ich habe den Eindruck, dass Männer noch mehr nach Körperkontakt lechzen als Frauen; also ist eine gelegentliche Verwöhn-Session für sie ein absolut himmlisches Geschenk. Vielleicht bezahlen Männer auch deshalb für Sex, weil sie sich nach körperlicher Aufmerksamkeit verzehren und danach sehnen, berührt und verwöhnt zu werden. Viele Männer fantasieren von einer persönlichen Lustsklavin, die nur dafür da ist, ihre individuellen sinnlichen Bedürfnisse zu befriedigen – wie tabuisiert das bei uns auch immer sein mag.

Bei einem sinnlichen Baderitual (siehe Seite 64f.) gleiten sanfte, seifige Hände über die Haut und schlüpfrige Finger wecken die Lust auf besondere Weise. Weil diese Bademassage so langsam vor sich geht und unter dem Deckmantel des Einseifens geschieht, kann Ihr Partner vielleicht intimen Körperkontakt genießen, gegen den er sich sonst wehren würde. Diese Verwöhnaktion sollten Sie sich aber für besondere Gelegenheiten aufheben, sonst könnte sie zur alltäglichen Selbstverständlichkeit werden und ihren Reiz verlieren.

Fakten Bei Männern wie bei Frauen gibt es bestimmte Zonen, die für ganz besondere sexuelle Erregung sorgen: Bei Frauen ist es der G-Punkt in der Scheide, bei Männern der P-Punkt im Rektum – beides Körperregionen, die früher meist tabuisiert waren und noch heute normalerweise nicht berührt werden.

VERWÖHNPROGRAMM

- **Setzen Sie** ihn in die Badewanne und waschen Sie ihn mit einem Waschgel oder mit Seife; lassen Sie keine Stelle aus.
- **Lassen Sie** Ihre Finger wie zufällig in alle intimen Körperfalten gleiten: Hoden, Perineum (die Stelle zwischen Hoden und Anus) und Anus.
- **Sie können** mit einem seifigen Finger vorsichtig in den Anus eindringen und ihn massieren. Wenn es ihm gefällt, führen Sie Ihren Finger so weit ein, wie es geht.
- **Mit der anderen Hand** massieren Sie dabei langsam seinen Penis.

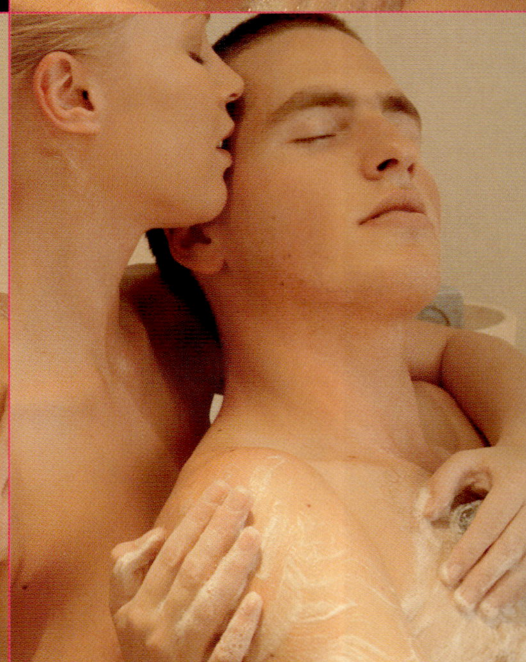

Das Stehvermögen

Möchten Sie dem Sextrieb und der Power Ihres Partners im Bett einen Kick geben? Dann informieren Sie ihn gelegentlich darüber, was amerikanische Aerobic-Spezialisten herausfanden: dass nämlich Mäuse größere und festere Hoden bekamen, wenn sie regelmäßig auf einem Laufband liefen. Sollte Ihr Partner den Ehrgeiz entwickeln, seine eigene Anatomie entsprechend aufzupeppen, kann er anfangen zu joggen, was auch seine gesamte Fitness verbessern würde. Auf jeden Fall stärkt das Laufen auch seine Oberschenkelmuskeln und die Muskeln am Hodensack – und festere Muskeln in der Genitalregion ermöglichen eine bessere Kontrolle der Hoden und des Penis.

“Stärkere Muskeln bedeuten stärkere Orgasmen, weil die Kontraktionen in seiner Genitalregion kraftvoller werden und deutlicher zu spüren sind.”

DIE **HODEN STÄRKEN**

Die Sexualforscher Hartman und Fithian (siehe Seite 218), die Männern beibringen, wie sie multiple Orgasmen erleben können, lehren sie, ihre Hoden mit Muskelkraft zu kontrollieren. Das ist Bestandteil des Trainingsprogramms; viele Männer können eine Ejakulation vermeiden und dennoch einen Orgasmus genießen, sobald sie imstande sind, ihre Hoden kontrolliert anzuheben. Theoretisch können sie danach noch weitere Orgasmen bekommen. In der Praxis ist das vielen Männern zu kompliziert, aber auf jeden Fall können sie durch die Beherrschung der entsprechenden Muskeln den Geschlechtsakt um ein Vielfaches verlängern und insgesamt mehr Lust erleben.

SEINE **SEXUELLE FITNESS**

Die Konstitution des Penis ist in den Fitness-Studios wohl kaum ein Gesprächsthema, aber genau wie die anderen Körperteile benötigt auch der Penis Trainingseinheiten; darin unterscheidet er sich nicht vom Rest des Körpers. Durch Masturbation, Sex und sogar beim Urinieren wird er trainiert, aber es gibt auch spezielle Übungen für den männlichen Genitalbereich, die ihm zusätzlich bessere Orgasmen bescheren.

Tipp Sobald er diese Übungen beherrscht, werden die Kontraktionen beim Orgasmus stärker, wodurch sich der Höhepunkt intensiver und kraftvoller anfühlt. Der ultimative Fitnesstest besteht darin, zu prüfen, ob Sie an seinem erigierten Penis fünf Minuten lang einen Spitzenslip aufhängen können.

MÄNNLICHE **MUSKELKRAFT**

Eine gute Penis-Fitness ist für multiple Orgasmen unabdingbar, denn dafür muss die Ejakulation unterdrückt werden, und das geht nicht ohne entsprechende Muskelbeherrschung und -kraft. Kann ein Mann seinen Penis genügend anspannen und entspannen, kann er seine Harnröhre tatsächlich verschließen – dies erfordert aber viel Übung, etwa so.

1 Er zuckt zehnmal fest mit dem Penis nach oben, mindestens dreimal täglich.
2 Er stellt sich vor, am Ende seines Penis sei eine Flagge, die er Stück für Stück nach oben bringen muss. Er hebt sie etwa ein Drittel, wartet etwas und hebt sie dann bis zur Hälfte. Er wartet wieder und hisst sie dann so weit es geht nach oben, zählt bis fünf und lässt sie wieder langsam sinken.
3 Er sollte zusätzlich seine Oberschenkel, die Pomuskeln und die Schließmuskeln des Anus so lange trainieren, bis er eine Verbesserung seiner Kräfte feststellen kann.
4 Wenn er das nächste Mal kurz vor dem Ejakulieren ist, kann er versuchen, die Ejakulation zu verlangsamen oder sogar zu verhindern. Wenn ihm das gelingt – was nicht einfach ist –, kann er die Stimulation fortsetzen und probieren, ob er einen weiteren Orgasmus erreicht.

Wissenschaftliche Fakten Das sexuelle Stehvermögen Ihres Partners kann durch die männlichen Wechseljahre (Andropause) beeinträchtigt werden – eine Tatsache, die oft wenig beachtet wird. Aufgrund des sinkenden Testosteronspiegels kann zum Beispiel die Potenz abnehmen, doch das lässt sich mit Hormongaben behandeln. Die Andropause beginnt im Durchschnitt ab 50, doch sie kann in Einzelfällen auch schon früher einsetzen.

IHRE **SEXUELLE FITNESS**

Die Muskeln zu trainieren mag auf der Prioritätenliste moderner Frauen nicht besonders weit oben stehen, aber viele legendäre Kurtisanen stärkten eine bestimmte Muskelgruppe – mit durchschlagendem Erfolg. Vielleicht haben Sie schon von Frauen gehört, die ihre Vaginalmuskeln so gut unter Kontrolle haben, dass sie den Penis des Mannes damit massieren können? Es gibt Gerüchte von Tänzerinnen in Nachtclubs, die angeblich sogar eine Zigarette mit ihrer Vagina rauchen können, und taoistische Lehrer weisen die Frauen an, ihre Männer allein mit Kontraktionen ihrer Scheide zum Höhepunkt zu bringen. Der Mann bewegt sich dabei nicht.

Tipp Diese aerobischen Übungen für die Scheidenmuskeln sollten Sie aus zwei Gründen machen: Erstens können Sie Ihre Orgasmen viel intensiver spüren, wenn Ihre entsprechenden Muskeln gekräftigt sind. Und zweitens können Sie den Penis Ihres Partners damit festhalten und stimulieren – und das wird ihm sehr gefallen!

VAGINAL-AEROBIC

1 Üben Sie, Ihre Scheide so zusammenzuziehen, als ob Sie beim Urinieren den Harnstrom unterbrechen wollten. Lassen Sie dann los. Sie können auch mit einem eingeführten Stift oder Finger üben; wenn Sie nichts spüren, pressen Sie nicht fest genug. Diese An- und Entspannung sollten Sie zehn Mal hintereinander üben, und zwar mindestens sechs Mal täglich.

2 Wenn Sie die erste Übung eine Woche lang gemacht haben, dann versuchen Sie das »Flattern«: Dabei machen Sie die gleiche Übung, nur spannen und entspannen Sie die Scheidenmuskeln viel schneller und öfter. Sie sollten dieses Zucken immer länger durchhalten können.

3 Nach einer weiteren Woche stellen Sie sich Ihre Scheide als Aufzugsschacht vor. Pressen Sie sie zusammen, als ob Sie die Kabine dadurch eine Etage höher drücken wollten. Halten Sie die Spannung und drücken Sie dann noch fester, um den Aufzug eine weitere Etage nach oben zu bringen. Wieder kurz halten und dann den Aufzug ins oberste Stockwerk drücken. Kurz halten – dann lassen Sie ihn wieder etagenweise nach unten, während Sie die Muskeln immer mehr entspannen.

“Ihre Scheidenmuskeln sind mit die wichtigsten Muskeln für das Liebesspiel; Sie sollten sie ebenso trainieren wie Ihren restlichen Körper.”

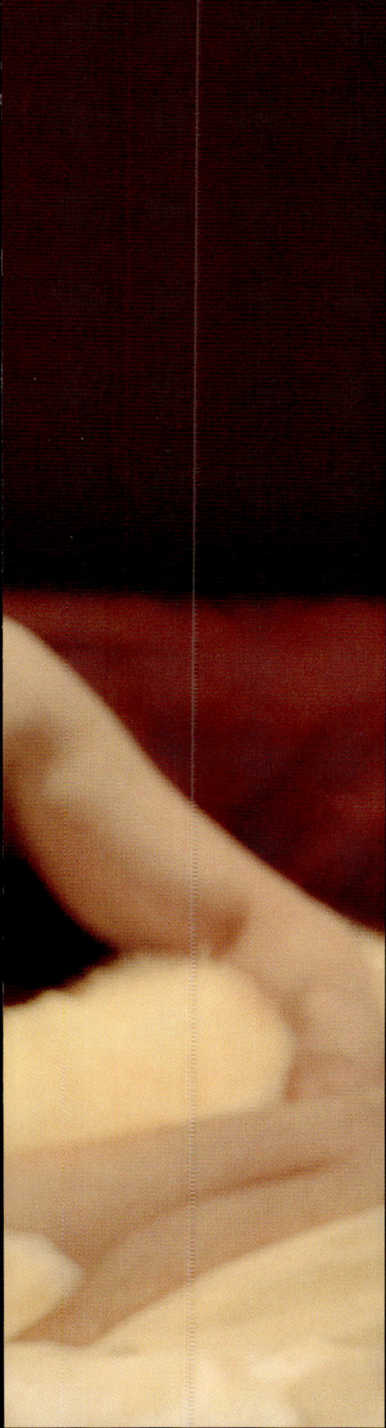

Sich Zeit lassen

Sich ins Liebesspiel zu stürzen ist einer der größten Fehler, den zwei Partner machen können. Männer wie Frauen tun es, weil sie ungeduldig, unsicher, einfallslos oder einfach gierig nach Sex sind. Aber wenn der schnelle Sex zur Gewohnheit wird, entgeht Ihnen etwas. In diesem Kapitel geht es um die Geheimnisse, wie man sich beim Sex Zeit lässt. Es gibt zahllose Möglichkeiten, das Tempo zu verringern: Die meisten erfordern Muße und einen kindlichen Spieltrieb – sowie Gespräche.

Hinhalte-Spiele

Wie bei fast allen guten Dingen geht es auch beim guten Sex darum, ihn langsam und bewusst zu zelebrieren. Wenn Sie vor kurzem jemanden kennen gelernt haben, kann sich eine höchst erotische Spannung aufbauen, wenn Sie Zeit zusammen verbringen, ohne miteinander zu schlafen. Sind Sie bereits intim, dann kann Ihre Beziehung wie neu werden, sobald Sie einmal eine Weile auf Sex verzichten. Es geht darum, den anderen hinzuhalten und warten zu lassen, ohne dass er ahnt, was Sie im Schilde führen.

WARUM DAS FUNKTIONIERT

Diese Hinhalte-Spiele gehen zurück auf die tantrische *Karezza*-Technik, die dazu dient, den Sex zu verlängern. Der Name stammt von Dr. Alice Bunker Stockham, die im 19. Jahrhundert Sexpraktiken untersuchte und klassifizierte. Die Spiele sprechen sowohl die körperliche als auch die emotionale Ebene an. Die zunehmende sexuelle Spannung (die zunehmende Muskelkontraktionen der Geschlechtsorgane hervorruft) führt nach einer gewissen Zeit zu einem längeren Orgasmus, als wenn man jede Nacht einen hätte.

Ich würde Ihnen aber nicht empfehlen, das ständig zu praktizieren: Auch wenn man einerseits davon profitiert, entgehen einem während der Wartezeit viele kostbare Gelegenheiten für Orgasmen, selbst wenn sie nicht alle so überirdisch sein sollten!

Tipp Konzentrieren Sie sich darauf, wie Sie die Lust und die Sinnlichkeit im ganzen Körper spüren. Nach der Wartezeit werden Sie überrascht sein, wie aufgeheizt Ihr ganzer Körper ist – und der Orgasmus ist nur ein kleiner Teil des überwältigenden Erlebnisses.

EROTISCHE SPANNUNG AUFBAUEN

Auf der mentalen und der Gefühlsebene passiert durch das Warten Folgendes: Da man keine sexuelle Erfüllung bekommt, denkt man immer öfter daran, und je länger man danach lechzt, desto mehr steigt die Spannung bei beiden Partnern.

EINE WOCHE ENTHALTSAMKEIT

- **Vereinbaren Sie** mit Ihrem Partner, dass Sie sich eine Woche lang beherrschen werden, egal wie sehr Sie sich nach einem Orgasmus sehnen.
- **Sie dürfen** auf jede beliebige Weise Sex haben, aber ohne Höhepunkt. Geben Sie auch nicht der Versuchung, zu masturbieren, nach.
- **Erregen Sie** einander ... mit den Händen ... mit der Zunge ... und indem Sie Ihre Körper aneinander reiben.
- **Sie dürfen** bis kurz vor den Höhepunkt gehen, aber brechen Sie sofort ab, wenn Sie spüren, dass es kritisch wird.

AUFREIZEN OHNE ANFASSEN

Je mehr man etwas will, das zum Greifen nah ist, und je länger man darauf warten muss, desto höher steigt die Erwartung. Und bereits diese Erwartung ist schon sexuell höchst erregend. Beim folgenden Programm zur Steigerung seiner Erwartung müssen Sie sich Zeit lassen. Der Trick besteht darin, Ihren Partner zu erregen ohne das geringste Anzeichen, dass Sie bereit wären, weiter zu gehen.

DAS PROGRAMM ZUM AUFREIZEN

- **Erkunden sie** alle erogenen Stellen an seinem Körper.
- **Lecken Sie** in seinem Nabel und knabbern Sie ein wenig daran, aber tun Sie so, als geschehe es aus Versehen.
- **Bearbeiten Sie** seine Kniekehlen. Ein Schwarm leichter Küsse hier bringt ihn zum Beben ... und das Gleiche gilt für seine Schulterblätter.
- **Blasen und küssen Sie** leicht über seine Ohren und lecken und knabbern Sie am Ohrläppchen.
- **Saugen Sie** an seinen Fingern und Zehen - an einem nach dem anderen –, küssen Sie sanft seinen Po und seinen Hodensack.

WARUM DAS FUNKTIONIERT

Es gibt zahlreiche stark erogene Stellen, die entweder in Vergessenheit geraten sind oder noch nicht entdeckt wurden. Mithilfe dieses Programms können Sie sie alle erforschen. Jedes Mal wenn Sie eine besonders sensible Zone seines Körpers erregen, schicken die Nervenzellen von dort die Botschaft an das Gehirn: »Das fühlt sich sagenhaft an.« Sein Gehirn gibt dann dem Penis die Information weiter: »Das ist so umwerfend, da sollte unbedingt mehr draus werden.« Das Ergebnis ist ein höchst erregter Penis, obwohl er keine Sekunde lang berührt wurde.

Tempowechsel

Sie finden Ihren Partner so anziehend, dass Sie sich wünschen, Ihr Liebesspiel möge ewig dauern. Nur leider ist er von Ihnen ebenfalls so unglaublich erregt, dass sein Höhepunkt viel zu früh kommt. Wie schade! Das Ergebnis ist eine höchst frustrierte Frau. Glücklicherweise reicht es oft, dass sich der Mann an Ihre Anwesenheit gewöhnt, denn dann bringen Sie ihn nicht mehr aus der Fassung, und schon bald nimmt sein Durchhaltevermögen zu. Sollte er weiterhin zu früh kommen, finden Sie hier einige Wege, ihn zu bremsen.

SEIN **TEMPO VERRINGERN**

Der Autor und Sexualtherapeut Steve Bodansky (siehe Seite 218) meint: Um Ihren Partner zu bremsen, reicht es normalerweise, einfach nur die Technik zu wechseln, mit der Sie ihn stimulieren. Wenn Sie ihn etwa mit der Hand auf eine bestimmte Weise masturbieren, sollten Sie den Druck und die Richtung verändern. Beim Geschlechtsverkehr sollten Sie die Stellung wechseln. Sind Sie zum Beispiel oben, dann rollen Sie sich doch auf die Seite für eine Stellung, bei der beide auf der Seite liegen. So wird er weniger stark erregt.

DIE **SQUEEZE-TECHNIK**

Diese Methode wurde um 1970 durch die amerikanischen Sexualforscher Masters und Johnson (siehe Seite 219) bekannt. Sobald Ihr Partner umittelbar vor dem Höhepunkt steht, sollte er seinen Penis unterhalb der Eichel fest mit allen Fingern zusammendrücken (siehe rechts). So kann er die Ejakulation verhindern. Masters und Johnson haben diese Technik vor allem Frauen beigebracht. Sie können sie auch anwenden, wenn Ihr

DIE **SQUEEZE-TECHNIK**

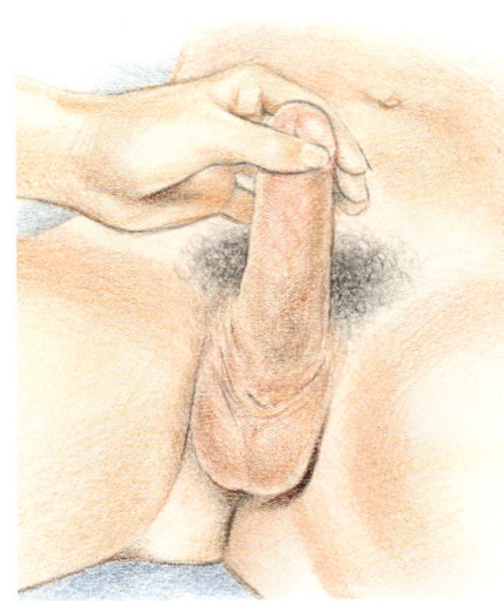

Drücken Sie unterhalb der Eichel fest mit Daumen und Fingern.

Partner Sie wissen lässt, wann der richtige Zeitpunkt gekommen ist. Sie müssen nur schnell nach unten fassen und seinen Penis drücken. Danach beleben Sie seine Erektion wieder durch etwas Massage, sodass Sie den Sex fortsetzen können.

DAS **BEAUTRAIS-MANÖVER**

Diese Technik des Tempowechsels geht auf den neuseeländischen Sextherapeuten Pierre Beautrais zurück. Dabei können Sie Ihren Partner nicht unterstützen. Sobald er den Höhepunkt nahen fühlt, muss er seine Hoden von hinten fassen und fest nach unten ziehen. Dadurch wird die Harnröhre zugedrückt, was wiederum eine Ejakulation verhindert und Ihr Liebesspiel verlängert.

DER **JEN-MO**-PUNKT

Dies ist eine taoistische Technik, um die Ejakulation zu verhindern: Man presst mit dem Zeige- oder Mittelfinger fest auf das Perineum, also den Damm. Der Jen Mo ist ein Akupressurpunkt, er liegt in der Mitte zwischen dem Ansatz des Hodensacks und dem Anus (siehe rechts). Man muss allerdings den Punkt sehr genau treffen, warnen taoistische Lehrer – drückt man zu nahe am Anus, passiert gar nichts, und drückt man zu nahe am Hodensack, kann das Ejakulat in die Blase fließen, und der Urin wird trüb.

MEDIKAMENTÖSE BEHANDLUNG

Wenn alles andere versagt, gibt es auch noch verschreibungspflichtige Medikamente (interessanterweise meistens Betablocker), die den Orgasmus Ihres Partners hinauszögern können. Die Betablocker werden normalerweise bei Angina pectoris, Bluthochdruck und Herzrhythmusstörungen eingesetzt. Als typische Nebenwirkungen verringern sie den Sexualtrieb und erschweren es, zum Höhepunkt zu kommen. Sie sollten allerdings wirklich nur der letzte Ausweg sein.

Sex-Geheimnisse Wenn Sie auf den Jen-Mo-Punkt drücken, kann das nicht nur den Sex verlängern, indem die Ejakulation verhindert wird; Sie können auch den Orgasmus Ihres Partners intensivieren, da das Sperma den Körper nicht verlässt. Im Taoismus heißt der Punkt »der Punkt der Million Goldmünzen«.

DER **JEN-MO**-PUNKT

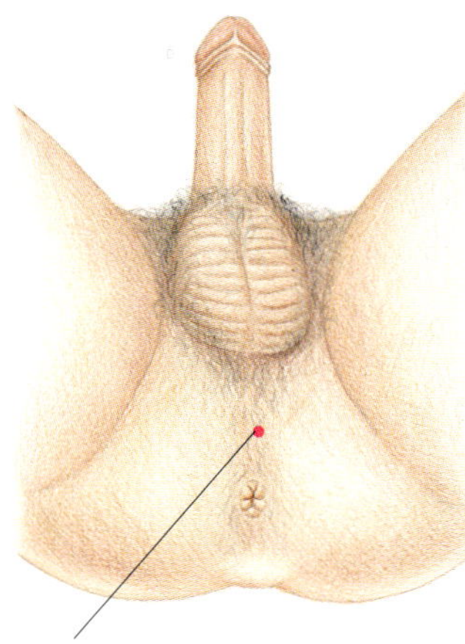

Der Jen-Mo-Akupressurpunkt (genau zwischen Hoden und Anus)

Drücken Sie fest mit dem Zeige- oder Mittelfinger auf den Punkt.

DEN **PARTNER** AUF **TOUREN BRINGEN**

Manchmal hat Ihr Partner vielleicht Probleme, zum Höhepunkt zu kommen. Er ist zwar angetörnt von Ihrem Eifer, aber es scheint endlos zu dauern. Sie fühlen sich von seinem anhaltenden Interesse geschmeichelt, werden jedoch langsam müde. Vielleicht kommt es aber auch gar nicht zum Sex, weil er seine Erektion nicht lange genug halten kann. Das kann zahlreiche und mitunter komplizierte Ursachen haben, aber hier sind einige fantasievolle Methoden, um sein Tempo zu beschleunigen und ihn zum Orgasmus zu treiben.

Tipp Das Tempo der männlichen sexuellen Reaktionen verändert sich mit zunehmendem Alter. In der Erregungsphase dauert es vielleicht länger, bis Ihr Partner eine Erektion bekommt und er benötigt eventuell mehr direkte Stimulation des Penis. Der Penis kann auch weniger steif sein als früher.

LEGEN SIE **HAND AN**

Wenn Sie beim Geschlechtsverkehr auf Ihrem Partner sitzen, greifen Sie mit einer Hand nach unten und umfassen das untere Ende seines Penis, wie um Ihre Scheide mit der Hand zu verlängern. Fahren Sie mit der Hand am Penis auf und ab, im gleichen Rhythmus, wie Sie Ihren Körper heben und senken, sodass der Penis zusätzliche Stimulation bekommt. Mit der Hand können Sie ihn auch viel fester pressen als mit der Vagina. Wenn es daran liegt, dass sein Penis nicht mehr so empfindsam ist, dann kann diese Technik ihn wieder auf den richtigen Weg bringen.

DAS **FRENULUM**

Dieses Hautbändchen verbindet die Vorhaut mit dem unteren wulstigen Rand der Eichel (siehe auch Seite 120). Es strotzt regelrecht vor Nervenenden, und selbst wenn Sie ausschließlich diese Stelle reizen, treiben Sie manchen Mann schon in den Wahnsinn. Umfassen Sie den Penis unterhalb der Eichel ringförmig, und gleiten Sie leicht und schnell mit der Hand auf und ab. Widmen Sie dabei Ihre Aufmerksamkeit dem Frenulum. Das macht ihn wild – garantiert!

DAS **FRENULUM**

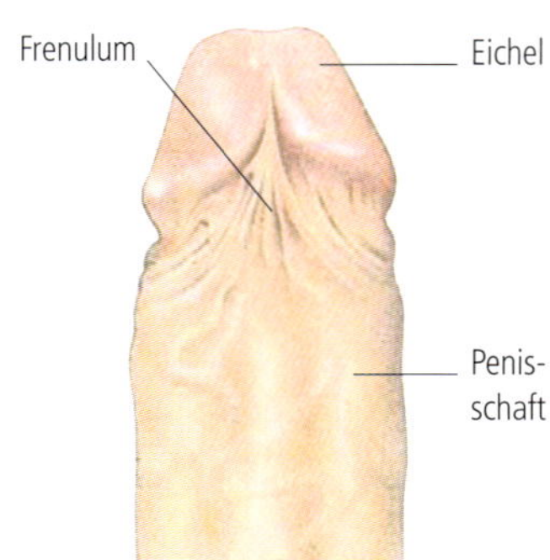

Wenn Sie am Frenulum lecken oder es streicheln, erhöht sich das Tempo.

DEN **P-PUNKT STIMULIEREN**

Das P steht hier für Perineum, das ist die Zone zwischen der Peniswurzel und dem Anus. Insider und Prostituierte wissen, dass das ein geheimer Lustpunkt ist. Am besten stimulieren Sie ihn, indem Sie ihn mit Ihren Fingern pressen und massieren. Durch Ihren Druck strömen lustvolle Wellen durch seine Geschlechtsorgane. Drücken Sie ruhig fest, mit Auf-und-ab- oder kreisförmigen Bewegungen. Sie fahren dabei aber nicht über die Haut, sondern bewegen und schieben das Gewebe unter der Haut hin und her. Sie können das an Ihrem eigenen Damm üben – auch bei Frauen ist das eine höchst lustvolle Zone.

DIE **UMLAUFBAHN** DES **MONDES**

Das geht etwas weiter als das Streicheln des Perineums: Setzen Sie einen Zeigefinger mit erwärmtem Gleitmittel an seinem Anus an, und rotieren Sie erst in die eine, dann in die andere Richtung, und zwar mit zunehmendem Druck. Hier sitzen ebenfalls zahlreiche reizempfindliche Nervenenden (siehe auch Seite 136–141).

Sex-Geheimnisse

Wenn Sie glauben, jede anale Stimulation müsse weh tun, sind Sie im Irrtum. Eine unsanfte Behandlung schmerzt, weil in der Analregion viele empfindliche Nervenenden sitzen. Sie kann aber auch Quelle angenehmer Empfindungen sein. Man muss nur langsam vorgehen.

Reine Erotik

Durch Stimulierung und Hautkontakt sexuell erregt zu werden ist nur ein Teil der Lust – die Erotik kann noch gesteigert werden, indem man sich die Zeit nimmt, bewusst gar nichts zu tun. Annie Sprinkle, Darstellerin in erotischen Filmen (siehe Seite 219), empfiehlt solche Nichts-tun-Sessions, um die Wahrnehmung zu schärfen – und ich habe einige weitere Vorschläge, wie Sie Erotik ganz ohne Körperkontakt erleben können.

DIE **NICHTS-TUN**-SESSION

Stellen Sie einen Wecker auf 30 Minuten und legen Sie sich beide in einer ruhigen Atmosphäre hin – bekleidet oder nackt. Sie liegen nebeneinander und sehen sich in die Augen. Lassen Sie Ihre Gedanken schweifen und geben Sie sich in einer leichten Trance Ihren Gefühlen hin. Sobald der Wecker ertönt, beenden Sie Ihre Tagträumerei mit einem liebevollen Kuss und erzählen einander von Ihren Erfahrungen.

DAS **EROTISCHE GESCHENK**

Packen Sie etwas, das den anderen neugierig macht, wunderschön ein. Das könnte eine besonders geformte Kerze, eine verführerische rosa Feder oder eine erotische Fotografie sein.

Tipp Ein erotisches Geschenk sollte außer der Reihe kommen; etwas ganz Ungewöhnliches, bei dem der Beschenkte sich Gedanken machen muss, was damit gemeint sein könnte.

TELEFONSEX

Telefonsex kann überraschend reale Empfindungen wecken und ist nicht nur etwas für Paare, die sich eine Weile nicht treffen können. Sprechen Sie am Telefon über Ihre Lust; oder noch besser, stimulieren Sie sich während des Gesprächs selbst und erzählen Sie Ihrem Partner, dass Sie sich vorstellen, er sei es, der Sie gerade stimuliert.

“Lasst Lust auf Erden sein, und lasst sie bei mir beginnen.”

Annie Sprinkle

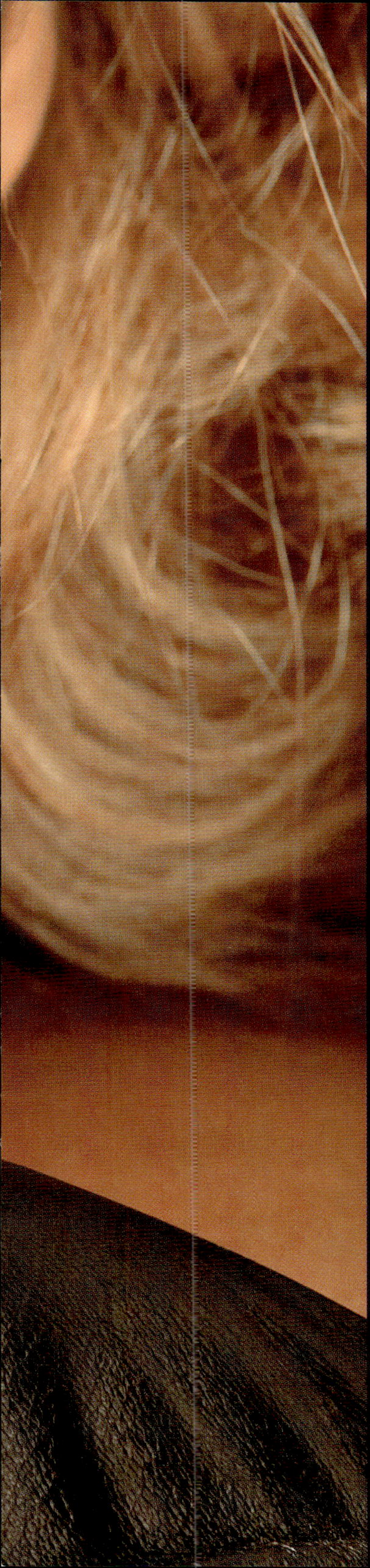

KAPITEL 5

Männliche Sexfantasien

Unsere Fantasie ist ein hoch wirksames mentales Instrument: Tausende Männer und Frauen fantasieren heimlich, um zum Orgasmus zu kommen und ihn zu verstärken. Ich bin davon überzeugt, dass das Fantasieren ein natürlicher Bestandteil eines gesunden Sexlebens ist. Der Kopf spielt eine wesentliche Rolle dabei, wie beide Geschlechter die Lust, die Erregung und den Höhepunkt erleben. In diesem Kapitel bekommen Sie einen Einblick in die gängigsten männlichen Sexfantasien, die Sie vielleicht in Ihr Liebesleben integrieren möchten.

Seine Fantasie betreten

Die meisten Männer sehnen sich danach, dass ihre Partnerinnen ihnen in ihre Fantasien folgen. Aber die Frauen verstehen das zuweilen falsch. Sie glauben, dass der Mann eine schlechte Meinung von ihnen bekommt, wenn sie ihre Wildheit ungebremst zeigen und ausleben. In einer stabilen Beziehung wird es sich aber positiv auf Ihre Bindung auswirken, wenn Sie Ihre sexuellen Bedürfnisse und erotischen Fantasien miteinander teilen.

DIE **RISIKEN**

Vielleicht stecken noch andere Ängste dahinter, die Sie davon abhalten, einander Ihre geheimsten Begierden zu enthüllen. Fürchten Sie, Ihre Fantasien würden sich verflüchtigen, sobald sie ans Licht kommen? Und besteht nicht die Gefahr, dass Ihre Fantasie Sie nicht mehr erregt, nachdem Sie sie gemeinsam ausgelebt haben? Stellen Sie sich den Tatsachen, bevor Sie ans Werk gehen: Ja, es gibt Risiken. Sobald Sie eine Fantasie einige Male realisiert haben, kann sie an Attraktivität verlieren. Was Sie im Kopf ganz allein kontrollieren können, geben Sie in der Realität aus der Hand, sobald Sie es erzählen. Manche Menschen finden, dass eine Fantasie ihren Reiz einbüßt, sobald sie nicht mehr geheim ist.

DIE **FREUDEN**

Alles Neue und Aufregende ist immer mit Risiken behaftet. Indem Sie diese Gefahren in Kauf nehmen, eröffnen Sie sich die Möglichkeit, ein neues Terrain voller prickelnder Erregung zu erobern. Vielleicht entdecken Sie, dass Sie ein höchst fantasievolles, erfüllendes Liebesleben haben können, sobald Sie sich den Dingen öffnen, die Sie beide erregen. Ihre Beziehung kann an

Wissenschaftliche Fakten Dr. Glenn Wilson führte eine Studie über sexuelle Fantasien durch. Er meint, dass es einen direkten Zusammenhang zwischen der Fantasiewelt und unserer Libido gibt. Je stärker der Sextrieb, desto höher ist die Wahrscheinlichkeit, dass man auch sexuelle Fantasien hat.

Tiefe und Bedeutung gewinnen, wenn Sie sich intime Sachen erzählen, die Sie noch nie enthüllt haben, und diese Dinge vom Partner akzeptiert werden.

DIE **UNENTSCHLOSSENEN**

Manchen Menschen fällt es leicht, Risiken einzugehen, anderen nicht. Es gibt aber auch etliche Männer und Frauen, die weder in die eine noch in die andere Kategorie passen. Wir zögern, aber wir würden doch gerne herausfinden, was der Sex jenseits der Grenze der Wohlerzogenheit zu bieten hat. Wenn wir uns nur trauen würden, wenn wir nur wüssten, wie wir ein so schwieriges Thema angehen sollen, dann könnten wir etwas Neues erleben. Gehören Sie auch zu den Unentschlossenen, dann macht Ihnen Folgendes vielleicht Mut:

- Wenn eine Fantasie für Sie ihre Wirkung verliert, weil Sie sie erzählt haben, dann werden sich andere Fantasien an ihrer Stelle entwickeln.
- Auch wenn sich Fantasien entwickeln und verändern, können sie ihre Intensität behalten.

VON DER **VORSTELLUNG** ZUR **REALITÄT**

1 Erzählen Sie Ihrem Partner eine Ihrer Fantasien und bitten Sie ihn, Ihnen eine von seinen zu erzählen.

2 Einigen Sie sich darauf, Ihrer beider Fantasien einzusetzen und sie im Bett zu erzählen – vielleicht wollen Sie die eine oder andere auch ausleben, und zwar Schritt für Schritt. Der Vorteil ist, dass Sie jederzeit abbrechen können, wenn Ihnen etwas zu weit geht oder Sie sich unbehaglich fühlen.

3 Wenn Sie beide eine Fantasie ausleben möchten, sollten Sie einander zugestehen, dass es vielleicht nicht klappt. Das müssen Sie im Voraus besprechen, um keine Beziehungsprobleme zu riskieren.

4 Gehen Sie es langsam an und reden Sie miteinander darüber.

Wissenschaftliche Fakten Dr. John Bancroft fand einen Zusammenhang zwischen einem hohen Testosteronspiegel und der Fähigkeit, Sexfantasien zu entwickeln. Die höheren Testosteronwerte der Männer sollen auch dafür verantwortlich sein, dass sie einen stärkeren Sextrieb haben als Frauen.

„UNSERE VORSTELLUNGSKRAFT IST EIN NATÜRLICHES INSTRUMENT, DAS UNS ALLE ARTEN VON PHÄNOMENALEM SEX ERMÖGLICHT."

DER AUFRISS IN EINER BAR

- **Wenn es** in seiner Fantasie darum geht, in einer Bar eine Hure abzuschleppen, vereinbaren Sie ein Treffen in einer Bar mit ihm.
- **Sie kommen** als Erstes und setzen sich auf einen Barhocker – selbstverständlich tragen Sie einen ultrakurzen Mini und einen sehr tiefen Ausschnitt.
- **Tun Sie dann so**, als ob Sie ihn abschleppen. Nennen Sie Ihren Preis und teilen Sie ihm mit, dass Sie nicht küssen. Im Zimmer (im Hotel oder bei Freunden) sind Sie die Aktive. Er muss Ihnen die Initiative überlassen, schließlich soll er verwöhnt werden.

Weiter gehen

Bestrafungen und Fesselspiele gehören zu den verbreitetsten männlichen Sexfantasien. Wenn Sie erfahren haben, dass ihn das interessiert, könnten Sie ihn eines Tages in einem engen schwarzen Leder- oder Lackoutfit begrüßen. Im Internet finden Sie Anbieter von faszinierenden Leder- und Latexteilen (siehe auch Seite 220). Probieren Sie doch einmal aus, wie es sich anfühlt, diese Sachen beim Sex anzubehalten!

DAS **BESTRAFUNGSSPIEL**

Beginnen Sie sanft, indem Sie Ihren Partner entkleiden. Erklären Sie ihm, dass Sie ein Spiel planen, und vereinbaren Sie ein Codewort, mit dem er das Ganze jederzeit abbrechen kann. Binden Sie ihm einen weichen Schal oder eine Seidenkrawatte um die Augen. Wenn er nichts mehr sieht, gewinnen alle anderen Sinne an Schärfe und er fühlt sich eher verletzlich. Lassen Sie ihn sich hinknien und drücken Sie seinen Kopf herunter, bis die Stirn den Boden berührt. Das ist eine höchst unterwürfige Pose, in der er ängstliche Erwartungen hegt. Ziehen Sie seine Hände auf den Rücken und binden Sie sie zusammen. Machen Sie ihm klar, dass er Ihnen völlig ausgeliefert ist und Sie ihn bestrafen werden, wenn er nicht genau tut, was Sie ihm befehlen.

Tipp Finden Sie heraus, was für eine Bestrafung Ihrem Partner Spaß macht. Zwingen Sie ihm nicht Ihre eigenen Ideen auf. Wenn Sie ihm Klapse mit der Hand geben, nehmen Sie vorher allen Schmuck ab; wenn Sie mit einem Rohrstock zu Werke gehen wollen, sollten Sie auf Ihrer Hand ausprobieren, wie hart die Schläge sein dürfen.

WÜRZEN SIE ALLES **MIT HUMOR**

Bei Bestrafungsspielen geht es nicht nur darum, dem anderen lustvoll leichte Schmerzen zuzufügen. Wenn Sie es clever anstellen, können es heiter arrangierte Szenarios sein, bei denen der »Sklave« einfach nichts richtig machen kann, egal wie sehr er sich um Gehorsam bemüht.

SPIEL MIT DER DANKBARKEIT

- **Schlagen Sie ihn** mit einer flachen Patsche oder einer weichen Latexpeitsche auf den Po; dabei muss er »Danke« sagen.
- **Wenn er es vergisst**, weil es sich so erotisch anfühlt, wird er mit einem weiteren Schlag bestraft.
- **Schlagen Sie etwas fester**, wenn er nicht sehr begeistert klingt.
- **Klingt er zu enthusiastisch**, werfen Sie ihm vor, es zu übertreiben.
- **Lassen Sie ihn** die Schläge mitzählen, während er »Danke« sagt, und bestehen Sie darauf, dass er sich verzählt hat – egal, ob es stimmt oder nicht.

Noch weiter gehen

Jemanden auf den Po zu schlagen klingt vielleicht nach einer gewalttätigen, schmerzhaften Aktivität, doch der Reiz liegt darin, dass es das Begehren anfachen kann. Ich spreche dabei von Sexspielen zwischen Liebenden, nicht zwischen verfeindeten Partnern. Ein leichter Klaps auf das Hinterteil regt auf prickelnde Weise die Durchblutung an – und selbst wenn man erschrickt, ist das erregend. Die kribbelnde Wärme gibt einen Vorgeschmack auf sexuelle Erregung.

DAS **FRUSTRATIONSSPIEL**

Der Trick bei diesem Spiel ist, Ihren Partner glauben zu lassen, Sie würden etwas Bestimmtes mit ihm machen, und wenn er dann sehr gespannt ist, fangen Sie etwas ganz anderes an. Die Frustration schraubt seine Erwartungen weiter in die Höhe. Lassen Sie ihn etwas aussuchen. Sie bieten an, ihn entweder leicht mit der Hand oder mit einer Patsche zu schlagen. Dann fragen Sie »Lieber hier oder lieber da?« und schlagen ihn dann ganz woanders. Und statt des Gewählten nehmen Sie natürlich das andere. Wenn er sich beschwert, schlagen Sie wieder woanders hin. Ab und zu schlagen Sie ihn auch an der gewünschten Stelle, aber in diesem Stadium irritiert es ihn eher noch mehr.

Tipp Um beim Schlagen nicht zu verletzen, nehmen Sie die flache Hand, nicht nur die Finger. Schlagen Sie nie auf knochige Stellen und nicht wiederholt auf die gleiche Stelle. Sehr gut sind muskulöse Zonen wie der Po. Wenn es weh tut, hören Sie sofort auf. Machen Sie ein Codewort aus, mit dem er das Spiel jederzeit abbrechen kann.

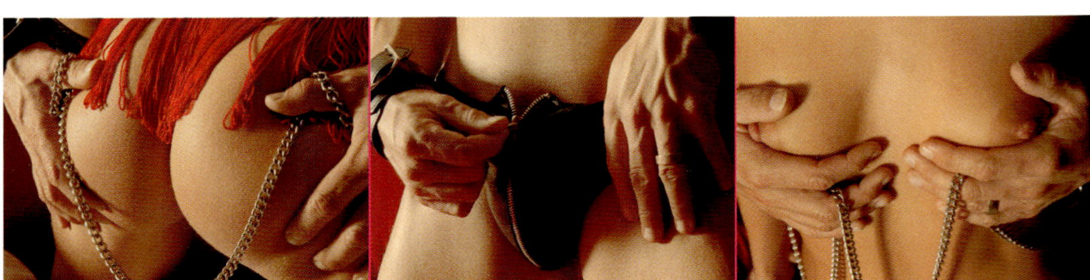

WRESTLING IN ÖL

Bei diesem schlüpfrigen Sexspiel tun Sie so, als ob Sie beide Wrestler wären.

- **Decken Sie** alles gut ab, um nicht Teppich oder Bett zu ruinieren.
- **Ziehen Sie** erst sich ganz aus, dann ihn.
- **Verteilen Sie** Massageöl großzügig über Ihre und seine Haut.
- **Um zu gewinnen,** muss einer sich drei Minuten lang über dem anderen halten – natürlich gewinnt er und darf sich einen Preis aussuchen.
- **Oder Sie tragen** einige wenige Kleidungsstücke und der Sieg besteht darin, dem anderen die Unterwäsche auszuziehen.

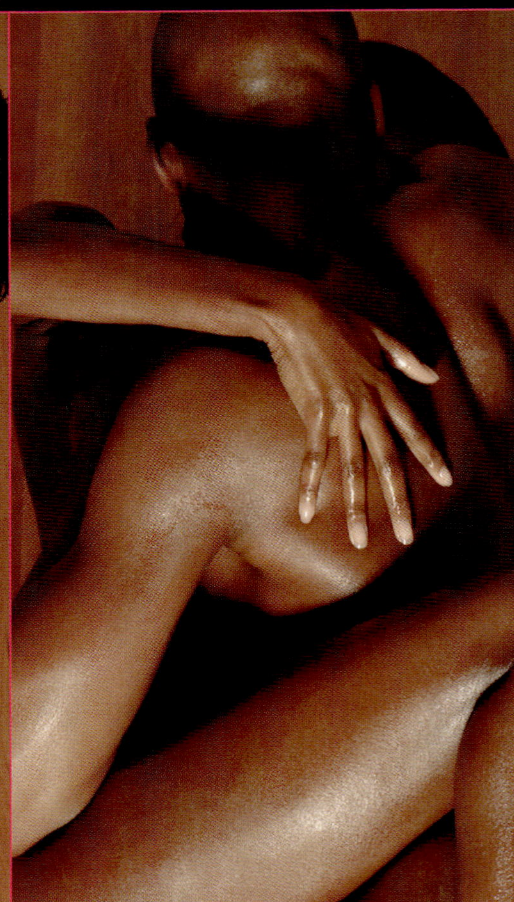

Auftritt einer Fremden

Diese Fantasie nutzt das Überraschungsmoment, das ein hervorragender sexueller Scharfmacher ist. Es klopft an der Tür, Ihr Liebhaber öffnet und erwartet den Klempner, den Sie angekündigt haben. Stattdessen sieht er Sie in einem Overall, der so weit offen steht, dass man erkennen kann, welch hinreißende Unterwäsche Sie unter der dreckigen Arbeitskleidung tragen.

DIE **GESCHICHTE ENTWICKELT SICH**

»Sie hatten einen Installateur bestellt«, erinnern Sie ihn freundlich. Die Nieten an Ihrem Overall sind sehr groß und Sie spielen mit der obersten herum, während Sie darauf warten, eingelassen zu werden. »Es wundert mich nicht, dass Sie mich gerufen haben«, sagen Sie, während Sie eintreten, »es ist unglaublich heiß hier drin. Ihre Heizung funktioniert nicht richtig.«

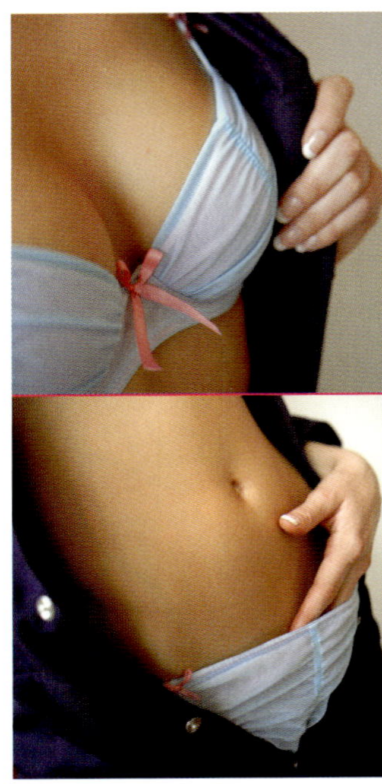

DIE **TEMPERATUR STEIGT**

Sie ertragen die Hitze keine Sekunde länger, und öffnen ganz langsam den Anzug, sodass er sehen kann, wie wenig Sie darunter tragen. Er meint vielleicht, Sie hören am Busen auf, aber Sie öffnen Niete für Niete bis ganz nach unten und extra langsam. »Ich verstehe nicht, wie Sie es hier aushalten, ich sterbe fast vor Hitze«, hauchen Sie, einer Ohnmacht nahe, während Sie Ihre Kostümierung ablegen ...

Meine Fantasiensammlung

Es gibt faszinierende Unterschiede zwischen den Sexfantasien von Männern und Frauen. So gehen viele männliche Fantasien in Richtung Hardcore-Porno (deshalb können sie hier auch nicht in aller Offenheit beschrieben werden). Die folgenden Beispiele aus meiner Sammlung sind teilweise etwas abgemildert, aber mithilfe Ihrer eigenen Fantasie können Sie sie so aufpeppen, dass sie ihr volles pornografisches Potenzial entfalten.

GEISTIGE **VORBEREITUNG**

Für Frauen ist es wichtig, zu begreifen, wie die männlichen Vorstellungen funktionieren und wie derb sie sein können. Viele Frauen gehen dank dieser Informationen anders an den Sex heran und gestalten die Stimulation kräftiger. Wenn sie über ein gesundes Selbstvertrauen verfügen, treiben sie die Sexspiele noch weiter voran und erforschen auch die Wirkung von Fetischen.

Tipp Wenn Ihr Partner eine bestimmte Sexfantasie hat, heißt das nicht, dass Sie sie mit ihm ausagieren müssen. Die meisten Fantasien funktionieren am besten, wenn man sie nicht der Realität aussetzt. Doch wenn es eine Fantasie gibt, die Sie beide anspricht, kann sich der Versuch durchaus lohnen...

DER **PORNOGRAF**

Für diese Fantasie benötigen Sie eine Kamera und sexy Unterwäsche. Sie sagen Ihrem Partner, dass er Fotos für ein Männermagazin schießen soll und Sie als Model jede Pose einnehmen werden, die er verlangt – absolut jede. Und genau das tun Sie dann auch.

HINTER DEM VORHANG

Dieses Sexspiel geht auf eine Attraktion beim jährlichen Ball der englischen Gummifetischisten zurück: Ein kleiner Raum wird durch einen aufgehängten Gummivorhang geteilt, der eingeölt ist. Man steht sich auf beiden Seiten des Vorhangs gegenüber und ahnt nicht, wer die Person auf der anderen Seite ist, an deren Körper man sich gerade höchst erregend reibt. In meiner Version befestigen Sie einen glatten Plastikvorhang oder eine feste Folie (möglichst undurchsichtig und dunkel) so im Zimmer, dass sie gut hält. Den Boden decken Sie mit Handtüchern ab. Führen Sie Ihren Partner ins Zimmer und lassen Sie ihn sich ausziehen und einölen. Erzählen Sie ihm, dass Sie eine Freundin herbestellt haben, die Stripteasetänzerin ist, und dass Sie sie gleich auf die andere Seite des Vorhangs bringen werden.

Wenn sie (es sind natürlich Sie) hereinkommt, kann er nicht erkennen, wer es ist. Verstellen Sie Ihre Stimme und bewegen Sie sich möglichst etwas anders als sonst, um die Illusion nicht zu zerstören. Sobald Sie sich auch eingeölt haben, räkeln Sie sich am Vorhang. Wenn er sich nicht beteiligt, bitten Sie ihn, sich von der anderen Seite am Vorhang zu reiben. Selbst wenn ihm klar ist, dass Sie es sind, die er durch den Vorhang spürt, sind die glitschigen Empfindungen hocherotisch.

> “Die meisten Männer neigen weit mehr zu Hardcore-Fantasien als Frauen.”

DIE **EROTISCHE ERFINDERIN**

Sagen Sie Ihrem Partner, dass Sie neue Sexspielzeuge erfunden haben und sie jetzt unbedingt an jemandem testen müssen. Das soll distanziert und klinisch ablaufen: Sie könnten einen weißen Kittel (mit nichts darunter) dabei tragen. Sobald Sie einige ungewöhnliche Sexspielsachen besorgt haben, geht's los! Notieren Sie seine Kommentare auf einer Lustskala von eins bis zehn. Wenn Sie mit dem Spielzeug durch sind, nehmen Sie das mit dem höchsten Lustfaktor, legen Ihr Klinik-Outfit ab und setzen das Superding fachgerecht ein.

Tipp Vergessen Sie nicht, den Körper Ihres Liebsten einzuölen, damit Sie Ihre erotischen »Erfindungen« besser testen können.

VERBREITETE **FANTASIEN**

In einer Gruppe Ein Mann geht mit seiner Partnerin auf eine Party. Kaum betreten sie den Raum, bemerken Sie, dass es sich um keine gewöhnliche Feier handelt. Der Gastgeber ist nackt und die meisten Gäste auch. »Gebt mir eure Kleider«, sagt der

Gastgeber, und sie fühlen sich genötigt, sich auszuziehen. Während sie nackt dastehen, kommt ein Gast nach dem anderen und fängt an, sie zu streicheln. Allmählich werden sie auf eine riesengroße Matratze gezogen, wo das Fest seinen Lauf nimmt ...

Die Frau voller Begierden Ein junger, streng religiös erzogener Mann beschreibt seine Fantasiefrau als von Lust getrieben. Sie würde alles dafür geben, um mit ihm Sex zu haben. Manchmal ist sie ein »böses« Mädchen, das bestraft werden muss, ein anderes Mal ist sie äußerst tugendhaft und bemüht sich nach Kräften, ihre Leidenschaft für den Mann im Zaum zu halten.

Der Exhibitionist Ein Mann machte seine ersten sexuellen Erfahrungen, als er im Kino Sex mit seiner Freundin hatte, während ihr jüngerer Bruder daneben saß und sie beobachten konnte. Als Erwachsener stellt er sich vor, wie seine wunderschöne Ehefrau ihn beobachtet, während er mit einer anderen schläft. Sie wird davon so angetörnt, dass sie sich den beiden anschließt und sie kaum noch voneinander zu unterscheiden sind.

Sex-Geheimnisse Ein zentraler Unterschied zwischen der männlichen und der weiblichen Sexualität besteht darin, dass Männer eher zum Fetischismus neigen. Das heißt nicht, dass sie das in allen Extremen ausleben müssen, aber es bedeutet, dass Fetische in männlichen Sexfantasien eine wichtige Rolle spielen können.

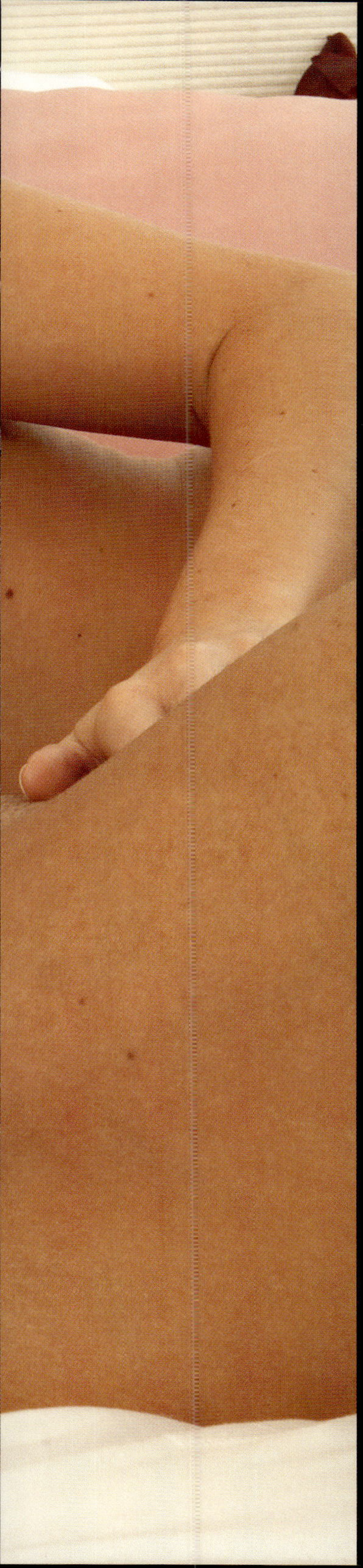

KAPITEL 6

Exquisite Techniken

Männer assoziieren körperliche Zuwendung meist mit Liebe. Wenn Sie also die Masturbationstechniken in diesem Kapitel meistern, fühlt sich Ihr Partner Ihnen auch emotional enger verbunden. Bei Oralsex ist die Botschaft der Männer ganz eindeutig: Wenn Sie diese Technik nicht beherrschen, ist es höchste Zeit, sie zu lernen! Ob Sie sich der hier vorgestellten Methode bedienen möchten oder nicht, steht Ihnen frei – aber wenn Sie sie nicht einmal ausprobieren, haben Sie auch keine Wahlmöglichkeit.

Stimulation mit der Hand

Männer lieben es, wenn man sich um ihren Körper bemüht. Schon in jungen Jahren finden sie heraus, welche Bewegungen, Berührungen und Anblicke ihnen Lust bereiten. Dazu gehört auch die Entdeckung, welch schöne Gefühle ihnen ihr Penis bereits im Kindesalter bescheren kann. Schon kleine Jungs spielen an ihren Genitalien herum; das geschieht ganz von selbst und ist vollkommen natürlich. Und bereits als Teenager wissen sie über ihre sexuellen Reaktionen besser Bescheid als viele Frauen jemals in ihrem ganzen Leben.

DIE MASSAGE

Eine Genitalmassage ist nach einer Ganzkörpermassage weit wirkungsvoller.

- **Bemühen Sie** sich um viel Hautkontakt.
- **Kuscheln Sie** sich an seinen Rücken und massieren Sie vorne mit langsamen Strichen.
- **Streicheln Sie** seinen Bauch mit einer und den Penis mit der anderen Hand.
- **Gleiten Sie** mit einer Hand über seine Brust und die Brustwarzen, mit der anderen am Penis auf und ab.
- **Streicheln Sie** seinen Penis und kneten Sie gleichzeitig die Schulter- und Nackenmuskeln – ein sinnliches Vergnügen.

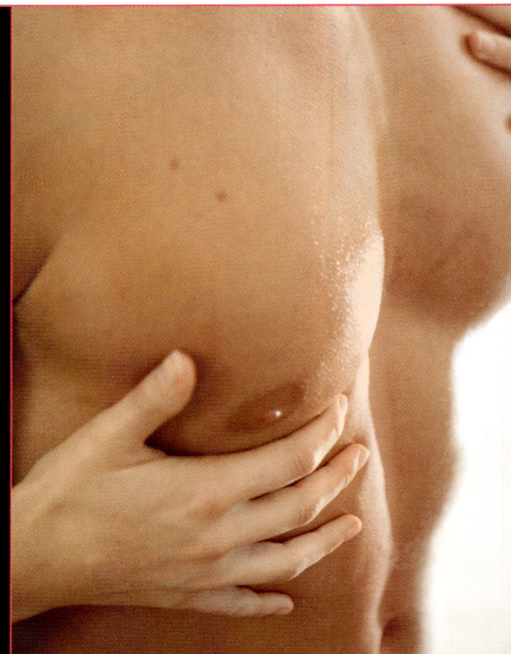

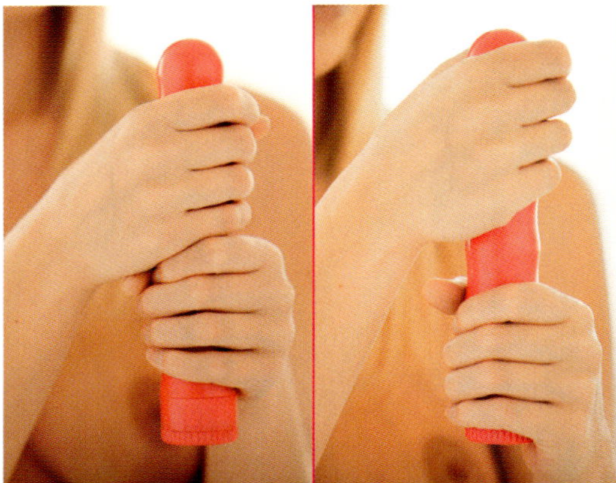

Ziehen/Schieben Umfassen Sie den Penis in der Mitte mit beiden Händen. Bewegen Sie die Hände mehrmals voneinander weg und wieder zusammen.

Zitruspresse Halten Sie den Penis fest und lassen Sie die Handfläche der anderen Hand über und um die Eichel rotieren, je zehnmal in jede Richtung.

Twisten Umfassen Sie den Penis mit beiden Händen und drehen Sie sie entgegengesetzt, als ob Sie Wäsche auswringen. Wandern Sie nach oben und nach unten.

Rakete Fahren Sie mit einer, dann mit der anderen Hand am Penis von oben nach unten; dann mit beiden Händen nacheinander von unten nach oben. Wiederholen.

Die Übung macht's

In der Kunst der Masturbation ist Training der Schlüssel zur Meisterschaft. Sie können die Techniken beim Geschlechtsverkehr oder beim Oralsex ergänzend einsetzen – aber auch nur zur Masturbation. Wenn Sie wissen, wo die Hotspots der männlichen Genitalien sitzen und wann und wo welcher Druck angebracht ist, dann besitzen Sie herausragende Fähigkeiten, die Ihnen großes Lob einbringen werden.

DIE **MEISTERGRIFFE**

Kaufen Sie sich einen Vibrator oder Dildo. Sie können ihn befestigen, indem Sie das untere Ende in eine Schublade einklemmen. Ölen Sie ihn gefühlvoll ein. Sobald das Teil angenehm durch Ihre Hände gleitet, sollten Sie die auf der linken Seite demonstrierten Techniken ausprobieren, die mit Sicherheit zur aufregendsten Penismassage gehören, mit der man jemanden verwöhnen kann. Der Vibrator kann Ihnen zwar kein Feedback geben, aber immerhin bekommen Sie einen Eindruck, worum es geht.

Wenn Sie das Ganze erst einmal beherrschen, wird Ihr Partner vermutlich so erregt, dass er fast zum Höhepunkt kommt. Wenn Ihnen das zu schnell geht, möchten Sie seinen Orgasmus vielleicht zunächst hinauszögern: Sobald Sie feststellen, dass er kurz vor dem Höhepunkt steht, pressen Sie den Eichelkranz (den Wulst am unteren Rand der Eichel) fest zwischen Daumen und Finger. Dadurch verschließen Sie die Harnröhre, und das Ejakulat kann nicht austreten (siehe Seite 80). Sie brauchen nicht zu befürchten, dass Sie Ihrem Partner damit weh tun, denn dazu müsste der Druck schon enorm groß sein. Sie sollten aber dennoch vorher heimlich an Ihrem Spielzeug üben.

> „Ein Vibrator kann Ihnen nicht demonstrieren, warum die ‚Rakete' ihren Namen verdient, aber Ihr Partner dafür wahrscheinlich umso eindrucksvoller."

EXPERTENTECHNIKEN

Für das männliche Selbstverständnis spielt das Masturbieren eine zentrale Rolle. Masters und Johnson (siehe Seite 219) fanden heraus, dass schwule Paare besonders viel Zeit damit verbringen, einander am ganzen Körper zu liebkosen. Das mag daran liegen, dass Männer die heimlichen Begierden eines anderen Mannes kennen. Ich finde, es wird Zeit, dass Frauen sich dieses Wissen ebenfalls aneignen: Sobald Sie mit einer Vielzahl von Masturbationstechniken vertraut sind, sind Sie auf dem richtigen Weg. Hier und auf den folgenden Seiten finden Sie meinen Schatz an Massagemethoden für Männer.

Ziehen/Schieben (siehe Seite 112) Umfassen Sie den Penis in der Mitte mit beiden Händen. Bewegen Sie die Hände mehrmals auseinander und wieder zusammen. Der Griff besteht aus diesen beiden Bewegungen, die fließend einige Male nacheinander ausgeführt werden.

Die Zitruspresse (siehe Seite 112) Halten Sie den Penis mit einer Hand an der Wurzel fest und lassen Sie die Handfläche der anderen Hand über und um die Eichel rotieren, zehnmal in jede Richtung. Das sieht aus, als ob Sie eine Zitrone auspressen.

Twisten (siehe Seite 112) Umfassen Sie den Penis mit beiden Händen und drehen Sie sie entgegengesetzt, als ob Sie Wäsche auswringen. Dann wechseln Sie die Richtung. Wandern Sie mit Ihren Händen am Penis auf und ab, am besten mit Gleitmittel.

Die Rakete (siehe Seite 112) Gleiten Sie erst mit einer, dann mit der anderen Hand am Penis von oben nach unten; dann mit beiden Händen nacheinander von unten nach oben. Als Nächstes bewegen Sie Ihre Hände zweimal auf und zweimal ab, dann dreimal usw. bis Sie bei zehnmal angelangt sind.

Tipp Es ist wichtig, ein Gleitmittel griffbereit zu haben. Auch bei Ihren Übungssessions mit dem Vibrator tut es gute Dienste. Wenn Sie sich zum Anfeuchten auf Ihren Speichelfluss verlassen möchten, haben Sie am Ende vielleicht einen trockenen Mund – besonders wenn Sie Wein getrunken haben, denn der trocknet den Mund aus.

Die Saftpresse Umfassen Sie den Penis an der Wurzel mit einer Hand und lassen Sie dann die Handfläche der anderen Hand mit viel Gleitmittel oder Öl wieder über und rund um die Eichel rotieren, als ob Sie eine Zitrone auspressen. Allerdings verstärken Sie jetzt die Empfindungen Ihres Partners, indem Sie die Hand an der Peniswurzel in die entgegengesetzte Richtung drehen.

Die Ölkaskade Nehmen Sie seine Hoden in die Hand, sodass Sie sie möglichst vollständig umfassen; die Finger sind dabei leicht gespreizt. Gießen Sie dann vorgewärmtes Öl über Ihre Hand. Das Öl fließt über Ihre Finger und dann über seinen Penis und seine Hoden; das Ganze fühlt sich für ihn köstlich fließend an.

Die gleitende Schlange Halten Sie seinen Penis mit einer Hand an der Wurzel fest und formen Sie mit den Fingern der anderen Hand einen Ring um den Eichelkranz (der wulstige untere Rand der Eichel, siehe Seite 120). Drehen Sie Ihre Finger dann im Uhrzeigersinn, so weit es geht. Dann gleiten Sie mit der Hand ganz nach oben und drehen den Ring, den Ihre Finger formen, wieder zurück. Wiederholen Sie das mehrmals.

Der Korkenzieher Umfassen Sie den Penis mit beiden Händen und drehen Sie sie langsam in entgegengesetzte Richtungen. Sie können ruhig ziemlich festen Druck ausüben, das fühlt sich himmlisch an.

Den Mond umkreisen Halten Sie den Penis mit einer Hand an der Wurzel fest und formen Sie mit Daumen und Zeigefinger der anderen einen Ring unterhalb der Eichel. Gleiten Sie mit dem Ring langsam nach oben über den Eichelkranz (siehe Seite 120) und wieder nach unten. Wiederholen Sie die Technik und erhöhen Sie allmählich das Tempo.

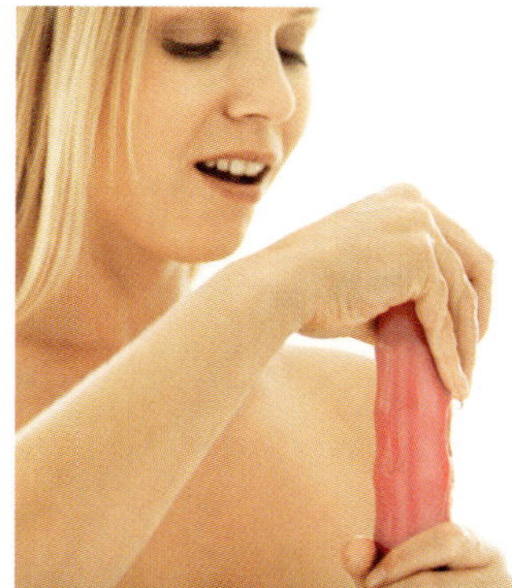

Die Saftpresse

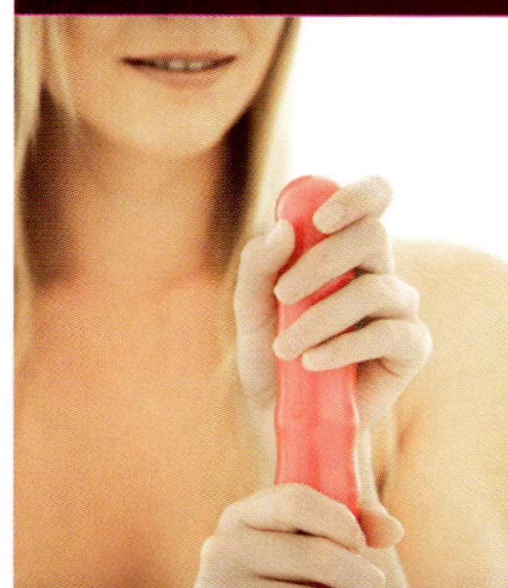

Gleitende Schlange

Den Mond umkreisen

Die Maschinenhand Umfassen Sie den Penis mit beiden Händen an der Wurzel, Ihre Finger sind dabei verschränkt. Gleiten Sie rhythmisch zur Penisspitze hoch, die Handflächen pressen Sie dabei zusammen. Lösen Sie die Daumen und fahren Sie am Penis wieder nach unten. Kreuzen Sie dort die Daumen wieder und gleiten Sie erneut nach oben. Es soll sich wie eine Maschine anfühlen.

Die Maschinenhand

Der Herzschlag Legen Sie Ihre beiden Hände um die Penisspitze. Drücken Sie einmal sanft zu und lassen Sie dann los. Nach einer kurzen Pause drücken Sie wieder. Der Rhythmus soll seinen Herzschlag nachahmen. Sehr gut fühlt sich das auch während der Ejakulation an: Versuchen Sie, synchron mit seinen Kontraktionen zu drücken, die etwa alle 0,8 Sekunden kommen. Übrigens ist das auch der Rhythmus beim weiblichen Orgasmus. Die Anzahl der Kontraktionen kann bei beiden Geschlechtern mit dem Alter zunehmen.

Die Penismassage Formen Sie die Finger und Daumen jeder Hand zu einem Ring. Umfassen Sie damit den Penis und gleiten Sie immer wieder von unten nach oben. Sobald eine Hand oben angekommen ist, beginnt die andere unten. So fangen viele Männer an, wenn sie masturbieren. Das Gleiten von unten nach oben fühlt sich besonders gut an, genau wie bei einer sanften Massage der weiblichen Klitoris.

DER **PENISSTRECKER**

Der erste Griff Die ersten Massagegriffe sind sehr langsam und fest: Legen Sie beide Hände in der Mitte um den Penisschaft und bewegen Sie sie in unterschiedliche Richtungen, bis eine Hand die Penisspitze erreicht; die andere gleitet über die Peniswurzel bis über die Hoden. Sie strecken den Penis zwischen Ihren Händen in die Länge. Drehen Sie Ihre Hände dabei so, dass als Erstes die Handballen am oberen und unteren Ende ankommen.

Der zweite Griff Die folgenden Bewegungen sind eher schnell und leicht. Drehen Sie Ihre Hände an den Enden des Penis so herum, dass bei der entgegengesetzten Bewegung erneut die Handballen aufeinander zugehen. Sobald sich Ihre Hände an der Ausgangsposition getroffen haben, drehen Sie sie wieder andersherum.

Hand über Hand Gleiten Sie mit der gewölbten Handfläche über die Spitze und den Schaft des Penis. Kurz bevor die erste Hand unten ankommt, wiederholen Sie die Bewegung mit der zweiten Hand. Bei »Hand über Hand« geht es darum, dass ständig eine Hand am Penis entlanggleitet.

DER **COUNTDOWN**

Der erste Griff Fassen Sie zunächst die Penisspitze mit der rechten Hand, die Linke legen Sie so unter seinen Hodensack, dass die Finger zum Anus zeigen. Während Sie dann mit der Rechten am Schaft hinabgleiten und ihn, so weit es geht, umfassen, wandert die linke Hand die Hoden nach oben. Beide Hände sollten sich langsam an der Peniswurzel treffen. Der Countdown funktioniert etwa umgekehrt wie die Rakete (siehe Seite 114).

Der zweite Griff Gleiten Sie mit der Rechten wieder am Penis nach oben; gleichzeitig bewegt sich die Linke wieder bis unter seinen Hodensack nach unten. Gehen Sie dabei wieder langsam und gleichmäßig vor, und zählen Sie mit:

- Zehnmal der erste, dann zehnmal der zweite Griff
- Neunmal der erste, neunmal der zweite Griff
- Achtmal der erste, achtmal der zweite
- usw., bis Sie bei einem Mal angekommen sind.

> „Ein angewärmtes (nicht zu heißes) Gleitmittel und gleichmäßiger, aber nicht zu starker Druck erhöhen sein Vergnügen."

Sex-Geheimnisse Der Arzt, Autor und Aufklärungspionier Robert Chartham meint, dass ein unbeschnittener Penis sensibler reagiert als ein beschnittener. Es empfiehlt sich also, Ihre meisterlichen Techniken an einem unbeschnittenen Mann etwas sanfter auszuführen.

Oralsex

Meine gesammelten Oralsex-Techniken zielen alle darauf ab, die sensibelsten Stellen des Mannes zu erregen. Viele Prostituierte sind sich sicher, dass die Männer vor allem wegen des Oralsex zu ihnen kommen. Für mich ist Fellatio eine Art Geheimwaffe der Frauen – und wenn Sie noch nicht genau wissen, wie es geht, dann können Sie es jetzt und hier lernen.

EINE **ERWEITERUNG** IHRES **ICH**

Für viele Männer ist der Penis wie ein separates Wesen, das einen eigenen Willen haben kann. Und tatsächlich stimmt es, dass kein Mann seinen Penis immer und überall unter Kontrolle hat. Manchmal reagiert er viel zu schnell oder zu langsam, oder er weigert sich, im rechten Moment steif zu werden. Dennoch repräsentiert der Penis normalerweise die gesamte Sexualität seines Besitzers. Das ist ein Hinweis darauf, dass Sie die Genitalien Ihres Sexpartners mit Respekt behandeln sollten.

FELLATIO UND **MEHR**

Vielleicht besuchen Männer deshalb transsexuelle Prostituierte, weil diese ganz intime und detaillierte Kenntnisse darüber haben, wie ein Mann am liebsten oral befriedigt werden will. Es gibt auch spezielle Sexstellungen, bei denen die hoch sensiblen Zonen, die auf der folgenden Seite beschrieben sind, besonders gut stimuliert werden (siehe auch Seite 82) – etwa, wenn die Frau oben sitzt und sich so weit erhebt, dass sie ihre schnellen Auf-und-ab-Bewegungen nur an der Spitze des Penis vollführt, statt sich ganz bis auf die Peniswurzel niederzulassen. Das führt zu stärkeren Empfindungen an der Eichel, dem Frenulum und weiteren erogenen Hotspots am Penis.

Sex-Geheimnisse

Den wohl berühmtesten Oralsex praktizierte Linda Lovelace in den 1970er-Jahren in dem Pornofilm *Deep Throat*. Später erzählte sie in Interviews, dass sie dazu gezwungen worden war. Die gefährliche Technik, den Penis bis in den Rachen einzuführen, kann zum Erstickungstod führen, deshalb habe ich sie hier nicht aufgeführt.

ORALSEX-DE-LUXE-UNTERRICHT

Bestimmt überrascht es Sie nicht, dass es am Penis genau wie am restlichen Körper erogene Stellen gibt und solche, die nicht so feinnervig sind. Bevor wir zu den fortgeschrittenen Methoden kommen, empfehle ich Ihnen, Ihr Grundwissen zu vertiefen, damit Sie Bescheid wissen, wo die Hotspots am Penis zu finden sind.

DER **HOCH EMPFINDLICHE** PENIS

Der Penis ist an der Spitze weit sensibler als an der Wurzel. Die erregendsten Stellen sind folgende (siehe auch Seite 82):

- **Die Eichel** – die Penisspitze
- **Der Eichelkranz** – der wulstige untere Rand der Eichel
- **Die Eichelkranzfurche** – direkt unterhalb der Eichel sind extrem viele Nervenenden konzentriert.
- **Das Vorhautbändchen (Frenulum)** – ein höchst erregbares Hautband, das die Vorhaut mit dem Penis verbindet
- **Die Gliednaht** – der leichte Grat bzw. die Linie, die längs in der Mitte der Penisunterseite vom Eichelkranz über die Hoden bis in Richtung Anus verläuft. Diese empfindliche Zone fühlt sich an wie eine gespannte Leine, die den ganzen Penis entlangläuft.

Tipp Unsere Zunge ist unser vielseitigstes Sexspielzeug. So wie jeder Musiker vor dem Konzert seine Finger dehnt, können wir auch unsere Zunge trainieren und beweglicher machen (siehe Seite 122). Ist sie erst einmal in Übung, dann können Sie sie als geschicktes Instrument bei Ihrem Liebsten einsetzen.

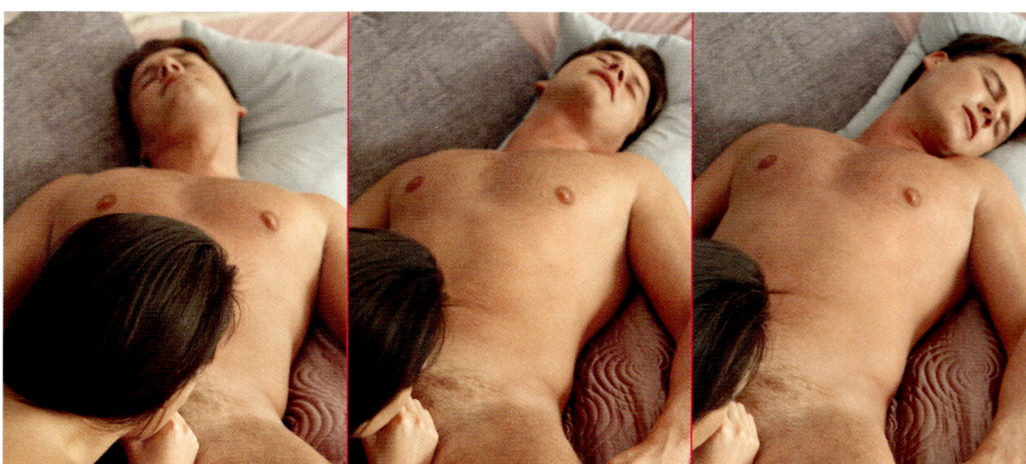

WICHTIGE **REGELN**

- Wenn Sie sich zum Oralsex gedrängt fühlen, obwohl Sie keine Lust darauf haben, dann lassen Sie es bleiben.
- Wenn Ihre Zurückhaltung nur auf Unsicherheit oder mangelnde Erfahrung zurückzuführen ist, seien Sie offen für Experimente.
- Wenn der Penis Ihres Liebhabers Ihnen irgendwie ungewöhnlich vorkommt, lassen Sie sich nichts anmerken. Vielleicht fällt Ihnen das leichter, wenn Sie ihn erst einmal beim Baden inspizieren (siehe Seite 62–65). Dass Sie ihn dabei verwöhnen, wird ihm gefallen, und so finden Sie heraus, was Sie erwartet.
- Achten Sie darauf, nicht aus Versehen in den Penis zu beißen. Lassen Sie Ihre Lippen zwischen den Zähnen und dem Penis.
- Wenn Sie das Sperma Ihres Partners nicht herunterschlucken möchten, verkneifen Sie sich jegliches Zeichen von Ekel. Sonst könnte Ihr Partner sich abgelehnt fühlen.
- Behalten Sie in diesem Fall das Ejakulat im Mund, bis Sie es in ein Kosmetik- oder Taschentuch spucken können, das Sie für diese Zwecke in Reichweite haben.
- Wenn Ihr Mund oft trocken ist, könnten Sie es mit den neuen aromatisierten Gelkapseln versuchen, die speziell für den Oralsex gemacht sind (siehe Seite 212). Sie überziehen Ihren Mund mit einem Gleitgel mit Fruchtgeschmack, das man bedenkenlos schlucken kann. Ihrem Partner beschert es eine gleitende Reibung, die seine Lust erheblich steigert.
- Wenn Ihr Partner glaubt, er produziere zu wenig Sperma, geben Sie ihm regelmäßig Kürbiskerne zu essen: Sie enthalten viel Zink, das das männliche Geschlechtshormon Testosteron ankurbelt. Das wiederum steigert die Spermaproduktion.
- Wenn Ihr Partner an den Genitalien sehr behaart ist und Ihnen das bei der Fellatio Probleme bereitet, fragen Sie ihn, ob Sie die Haare etwas stutzen dürfen. Die Kopfhaare lässt er sich schließlich auch regelmäßig schneiden!

“Sie können den Geschmack seiner Samenflüssigkeit verbessern, indem Sie Ihrem Partner Speisen mit Zimt, Muskatnuss und süßen Früchten servieren.”

DAS ZUNGENTRAINING

- **Singen Sie Tonleitern** mit deutlich akzentuiertem »la«
- **Wiederholen Sie** schnell die Worte »Lady«, »Lover« und »Lingual«
- **Saugen und schlecken Sie** die Marmelade aus einem Krapfen
- **Essen Sie** ein Eis, indem Sie ausschließlich daran lecken
- **Drücken Sie** die Tasten Ihres Telefons öfters mit der Zunge
- **Üben Sie**, eine geschälte Banane mit Hin-und-her-Bewegungen der Zungenspitze zu kitzeln

Die Mund-Art

Die nächste Lektion in meiner Meisterklasse für Oralsex besteht darin, Ihr Fellatio-Repertoire zu erweitern: Bedienen Sie sich der vielfältigen Möglichkeiten, ihn mit Lippen, Mund und Zunge zu stimulieren.

KÖSTLICHE **VIELFALT**

- **Sinnliches Saugen** Richtig gut kriegt man das nur mit Übung hin. Auf die richtige Dosierung kommt es an – nicht zu fest, sonst riskieren Sie Schmerzen oder Verletzungen. Saugen Sie an der ganzen Eichel oder konzentrieren Sie sich darauf, sich am Schaft rauf und runter zu arbeiten.
- **Das Schwert** Dabei lecken Sie am Penis von unten nach oben. Strecken Sie Ihre Zunge heraus und beginnen Sie an der Peniswurzel oder sogar an oder hinter den Hoden. Wenn Sie aufwärts lecken, fühlt es sich um Klassen besser an als in der anderen Richtung.
- **Schimmernde Lippen** Tragen Sie Spucke oder ein nicht aromatisiertes Gleitgel auf Ihre Lippen auf, legen Sie sie fest auf den Penis, und gleiten Sie daran auf und ab, ohne dass der Lippenkontakt abreißt.
- **Vibrationen** Kennen Sie die so genannten »Pupsküsse«, die man auf den Bauch eines Babys macht? Pressen Sie die Lippen fest zusammen und prusten Sie dosiert Luft nach außen. Machen Sie das in regelmäßigen Abständen und mit etwas Druck am Penis – die so hervorgerufenen Empfindungen wird Ihr Partner sehr zu schätzen wissen.
- **Summen** Summen Sie, während Sie den Penis im Mund haben und daran auf und ab gleiten. Die Vibrationen Ihrer Töne kann Ihr Partner im Penis spüren.

Sex-Geheimnisse

Kenneth Ray Stubbs schlägt vor, den ganzen Körper des Partners mit Küssen zu bedecken, ehe Sie seinen Penis damit überschütten. Man küsst mit beiden Lippen, saugt aber nur leicht.

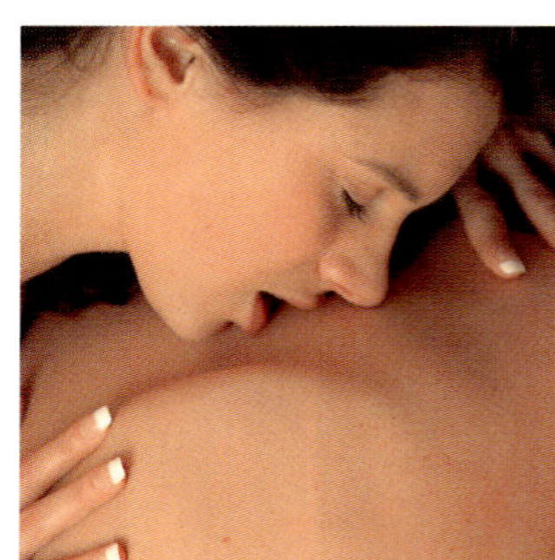

“Diese Techniken können Sie einsetzen, um andere Oralsex-Methoden zu verbinden oder sie auszuschmücken.”

DIE **HILFREICHE HAND**

Ihre Hände sind weit vielseitiger einsetzbar als nur dafür, den Penis stabil zu halten, während er die ganze Aufmerksamkeit durch den Mund erhält. Das Gefühl, mit Händen und Mund gleichzeitig verwöhnt zu werden, erlaubt Ihrem Partner die Vorstellung, dass sich mehrere Frauen mit ihm beschäftigen.

Das Schmetterlingsgezüngel Halten Sie den Penis an der Wurzel und nehmen Sie die Eichel in den Mund. Während Sie Ihren Mund auf und ab bewegen, lecken Sie mit der Zunge schnell immer wieder vorwärts und rückwärts über das Vorhautbändchen (Frenulum) (siehe Seite 82). Weil diese Zone so hoch sensibel ist, hebt man sich diese Technik allerdings am besten für das Ende der Session auf.

Sex-Geheimnisse

Xaviera Hollander (siehe Seite 218) meint, die einzig wahre Technik, die eine Frau für eine außergewöhnliche Fellatio beherrschen müsse, sei das »Klimpern«: Dabei lässt man die Zunge in möglichst schnellem Rhythmus immer wieder an und über den Penis flattern.

Schmetterlingsgezüngel Flatternd mit der Zunge vorwärts und rückwärts über das Frenulum lecken, während sich Ihr Mund auf und ab bewegt.

Synchronisation Den Penis mit Fingern und Daumen umfassen und die Hand gleichzeitig mit dem Mund bewegen.

Synchronisation Mit Fingern und Daumen einen Ring um den Penis formen Nehmen Sie den Penis in den Mund. Während der Auf-und-ab-Bewegungen halten Sie den Ring fest an Ihren Mund, als ob Finger und Mund verbunden wären. Für Ihren Partner fühlt es sich so an, als ob Ihr Mund viel größer geworden wäre.

Twist and shout Sie sorgen für den Dreh (twist), er für den Schrei (shout) ... Während Sie Ihren Mund auf und ab bewegen, hält Ihre linke Hand den Penis fest. Die rechte gleitet am Schaft auf und ab und dreht dabei hin und her.

Zungenmodellierung Halten Sie den Penis am unteren Ende mit beiden Händen fest, und lecken Sie von allen Richtungen mit einer möglichst breiten Zunge daran.

Tipp Probieren Sie, während Sie mit dem Mund nach oben gleiten, mit der Hand, die den Penis hält, die Haut nach unten zu ziehen, bis sie gespannt ist. Das entblößt die äußerst sensible Eichel und steigert die Empfindungen Ihres Partners.

Twist and shout Mit der linken Hand den Penis halten. Die rechte gleitet am Schaft auf und ab und dreht dabei hin und her.

Zungenmodellierung Den Penis am unteren Ende mit beiden Händen festhalten. Von allen Richtungen mit breiter Zunge daran lecken.

Tricks und Leckerbissen

Bei der Fellatio ist es wie bei allen anderen Sex-Techniken: Mit Fantasie und Kreativität geht alles besser. Ich hatte schon erwähnt, dass das Überraschungsmoment eine Schlüsselrolle für die sexuelle Erregung spielt. Das liegt daran, dass es den Adrenalinspiegel erhöht – und das wiederum wirkt sich auf die Gehirnzellen aus, die für unsere sexuellen Reaktionen zuständig sind.

MAGISCHE MOMENTE

Zitronensorbet Nehmen Sie einen Schluck Zitronenbrause, bevor Sie den Penis in den Mund nehmen. Das wilde Prickeln der Brause fühlt sich an der empfindlichen Haut des Penis wahnsinnig erregend an.

Marshmallows Füllen Sie vor dem Oralsex Ihren Mund mit zwei, drei Marshmallows. Für Ihren Mann fühlt sich das an, als ob er in eine Wolke stoßen würde, aber eine mit ganz besonderer Beschaffenheit, was sich unglaublich anfühlt.

Eiswürfel und heißer Tee Für dieses Spiel mit Temperaturunterschieden müssen Sie alles Nötige im Voraus zubereitet und griffbereit haben. Nehmen Sie Eiswürfel in den Mund, bevor Sie anfangen, am Penis zu saugen. Nach einer Weile spucken Sie sie aus und trinken einige Schlucke heißen Tee, damit Ihr Mund schön warm wird. (Allzu heiß darf der Tee natürlich nicht sein.) Dann nehmen Sie den Penis wieder in den Mund. Je schneller Sie von heiß zu kalt wechseln – und umgekehrt –, desto besser fühlt es sich für Ihren Partner an.

Zahnpasta-Kitzel Zahnpasta ist ein regelrechtes Zaubermittel für fantastischen Oralsex. Sie brauchen lediglich vorher Ihren Mund mit einer kleinen Menge davon auszuspülen. Damit es wirklich bloß prickelt und der Reiz nicht zu allzu scharf wird, sollten Sie nur wenig nehmen.

Minzige Mundspülung Dies ist eine entschärfte Variante des Zahnpasta-Kitzels: Verwenden Sie einfach unmittelbar vor dem Oralsex ein Mundwasser.

Extrastarke Minze Lutschen Sie vorher ein starkes Minzbonbon, falls Ihr Partner ein wenig in Richtung Masochismus experimentieren möchte. Vielleicht ist es zu viel für ihn - oder aber er genießt damit hin und wieder eine sehr intensive Erfahrung.

Die Hoden reizen Vielen Frauen ist gar nicht klar, wie sensibel die männlichen Hoden sein können. Überprüfen Sie dies bei Ihrem Partner, indem Sie nacheinander jeden Hoden sanft in den Mund nehmen und langsam Ihre Zunge drunterschieben, während Sie den Hodensack zart durch Ihre Mundhöhle gleiten lassen.

»UNERWARTETE EMPFINDUNGEN, DIE UNS EINEN ADRENALINSCHUB BESCHEREN, STEIGERN AUCH DIE SEXUELLE WAHRNEHMUNG IM GEHIRN.«

Tipp Nehmen Sie so viel von seinen Hoden in den Mund, wie Sie können, und summen Sie eine Melodie, während Sie gleichzeitig Ihre Zunge flattern lassen. Mein Partner steht auf Rachmaninow, Sie könnten es aber auch mit dem Yoga-»Om« probieren.

Luft rausdrücken Die Spitze zusammenpressen, damit keine Luft drinbleibt.

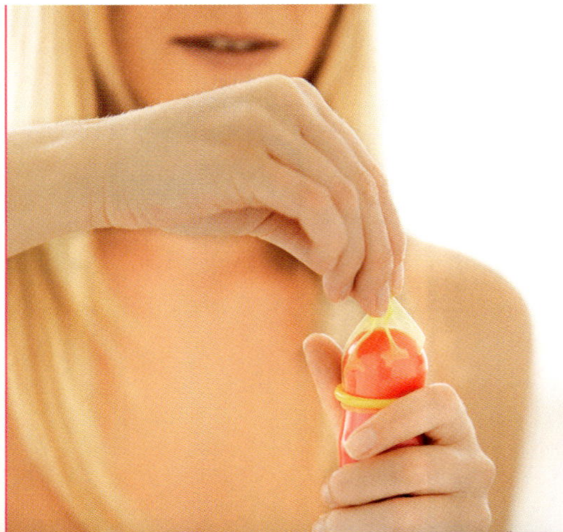

Drücken Sie sie beim Aufsetzen weiter zusammen; Luftblasen könnten platzen.

Rollen Sie das Kondom ab, wenn Sie es über die Eichel gestreift haben.

Damit es richtig sitzt, rollen Sie das Kondom bis an die Peniswurzel ab.

Das erotische Kondom

Falls Sie nicht absolut sicher sind, dass Ihr Liebhaber noch nie zuvor Sex hatte, sollten Sie Kondome benützen, sogar beim Oralsex. Es gibt eine tolle thailändische Methode, ein Kondom so mit dem Mund abzurollen, dass es sich für den Mann so anfühlt, als ob das zum Liebesspiel gehört. Vielleicht benötigen Sie für eine solch raffinierte Technik noch etwas Übung – der erigierte Penis Ihres Partners ist für den Anfang nicht unbedingt das beste Versuchsobjekt. Versuchen Sie es lieber mit einem Vibrator oder Dildo.

DAS **ABROLLEN** DES **KONDOMS**

Üben Sie das zunächst am besten an Ihrem Lieblingsvibrator (oder einem penisgroßen Zucchino oder einer Gurke). Nehmen Sie die Spitze des zusammengerollten Kondoms und pressen Sie sie sanft zusammen, damit alle Luft entweicht. Wenn eine Luftblase im Kondom bleibt, so könnte sie durch den Druck, der beim Geschlechtsverkehr ausgeübt wird, platzen, und das Kondom würde Sie nicht mehr ausreichend schützen.

Halten Sie den Vibrator in der oberen Hälfte und setzen Sie das Kondom auf seine Spitze. Rollen Sie es daraufhin mit leicht gewölbter Hand nach unten ab. Ihr Vibrator verfügt über eine Dauererektion, Ihr Partner jedoch nicht. Sie müssen also unter Umständen erst dafür sorgen, dass sein Penis auch erigiert ist, bevor Sie das Kondom überstreifen können. Wenn Sie einige Male üben, wie man ein Kondom richtig anlegt bzw. abrollt, wissen Sie im »Ernstfall« Bescheid, wie Sie damit umgehen müssen. Dann kann der Gebrauch von Kondomen eine sinnliche Angelegenheit sein und braucht den Ablauf nicht zu stören.

DIE **MEISTERIN** DER **MUND-ART**

Nachdem Sie das Abrollen des Kondoms mit der Hand trainiert haben, gehen Sie zum Abrollen mit dem Mund über. Nehmen Sie die Spitze eines Kondoms zwischen die Lippen und pressen Sie sie zusammen. Halten Sie den Vibrator am unteren Ende, setzen Sie das Kondom mit dem Mund auf die Spitze und rollen Sie es mit den Lippen ab, während Sie den Vibrator immer weiter in den Mund nehmen. Achten Sie darauf, das Kondom nicht mit den Zähnen zu berühren, sondern halten Sie immer die Lippen dazwischen. Drücken Sie das Kondom immer weiter hinunter, bis Sie den Vibrator so tief eingeführt haben, wie es ohne zu würgen geht. Sie können dabei auch die Zunge einsetzen. Beim untersten Stück nehmen Sie Ihre Finger zu Hilfe, aber ohne abrupten Wechsel: Das Ganze soll sich fließend und wie aus einem Guss anfühlen. Üben Sie mehrmals.

Tipp Kunden von thailändischen Prostituierten geben an, dass sie bei ihnen tatsächlich keinen Unterschied spüren zwischen dem Anlegen eines Kondoms und einer Penismassage mit dem Mund. Das klingt vielleicht etwas unsensibel; es bedeutet aber auch, dass das Überstreifen eines Kondoms wirklich ein Teil des Liebesspiels sein kann.

DIE **ABSCHLUSSPRÜFUNG**

Jetzt möchten Sie sicher überprüfen, ob Sie das Kondom richtig angebracht haben. Oder vielleicht sind Sie auch einfach erregt davon, dass Sie dem Vibrator so viel Aufmerksamkeit geschenkt haben. Führen Sie ihn mitsamt Kondom in Ihre Scheide ein. Wenn die Gummihülle noch sitzt, nachdem Sie sich ordentlich ausgetobt haben, haben Sie die Prüfung mit Bravour bestanden.

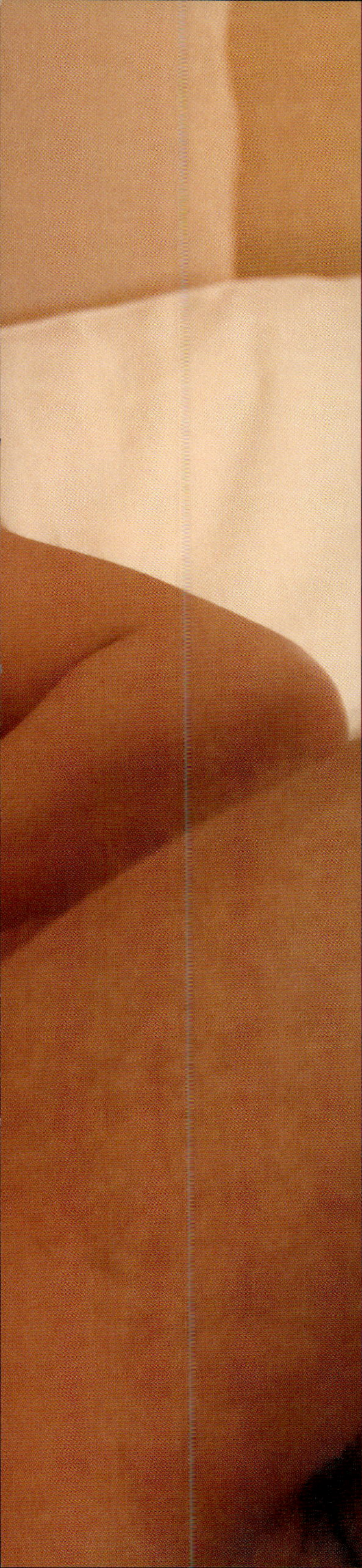

KAPITEL 7

Das Unerwartete

In diesem Kapitel geht es um eines der bestgehüteten Sexgeheimnisse aller Zeiten, das sich um eine männliche Körperzone dreht, die eigentlich tabu ist. Falls Sie befürchten, das könnte Sie schockieren, lesen Sie bitte gleich auf Seite 142 weiter und lassen Sie sich eine überraschend lustvolle Erfahrung entgehen! Sind Sie jedoch bereit, etwas Besonderes zu erfahren oder sogar auszuprobieren, dann blättern Sie um. Und falls es Ihnen noch nicht klar ist: Das P steht für phänomenal, aber auch für die wahnsinnig empfindsame Prostata.

Die Knospe öffnen

Die Vorsteherdrüse (Prostata) ist eine kleine Drüse, die man durch den Anus ertasten kann. Sie fühlt sich an wie ein »Hubbel« und produziert die Samenflüssigkeit – jenes Sekret, in dem die Spermien auf ihrer Suche nach einem Ei nach draußen gespült werden. Die Biologiebücher verschweigen jedoch, dass sie Ihrem Partner auch außerordentliche sexuelle Freuden bereiten kann.

BEURTEILEN SIE IHREN **PARTNER**

Als Erstes müssen Sie die Frage beantworten, ob Ihr Partner überhaupt möchte, dass Sie seine Prostata massieren. Für viele Männer wäre die Erkundung ihrer »verbotenen Gefilde« schlimmer als der Tod. Sollte Ihr Partner einer von ihnen sein, dann ignorieren Sie die Verheißungen, die ich hier beschreibe. Sie finden die Antwort, indem Sie spielerisch einen Finger in die Nähe seines Anus bewegen und seine Reaktion beobachten. Wenn er Ihre Hand grob zur Seite fegt, ist das eine klare Botschaft. Wenn er seltsam passiv wirkt und den Eindruck macht, als warte er auf mehr, dann heißt das wahrscheinlich, ... dass er auf mehr wartet.

WIE GEHEN SIE VOR?

Wenn es Ihnen unangenehm ist, sollten Sie die Prostatamassage bleiben lassen; die Entscheidung liegt allein bei Ihnen. Und falls Sie es versuchen möchten, müssen Sie sich nicht unbedingt ganz bis zur Prostata vortasten. Sollten Sie aber Interesse haben und einfach nur unsicher sein, könnten Sie damit beginnen, seine hoch sensible Analregion zu streicheln. Sie müssen dafür ganz kurze, glatt gefeilte Fingernägel haben und brauchen ein schön glitschiges Gleitmittel, weil der Anus keine natürlichen Sekrete enthält. Sie könnten die anale Stimulation auch erst mal bei sich selbst ausprobieren, dann spüren Sie, wie sich was anfühlt.

“In der Analregion sitzen unendlich viele sensible Nervenenden und die Prostata ist die allerempfindsamste Stelle.”

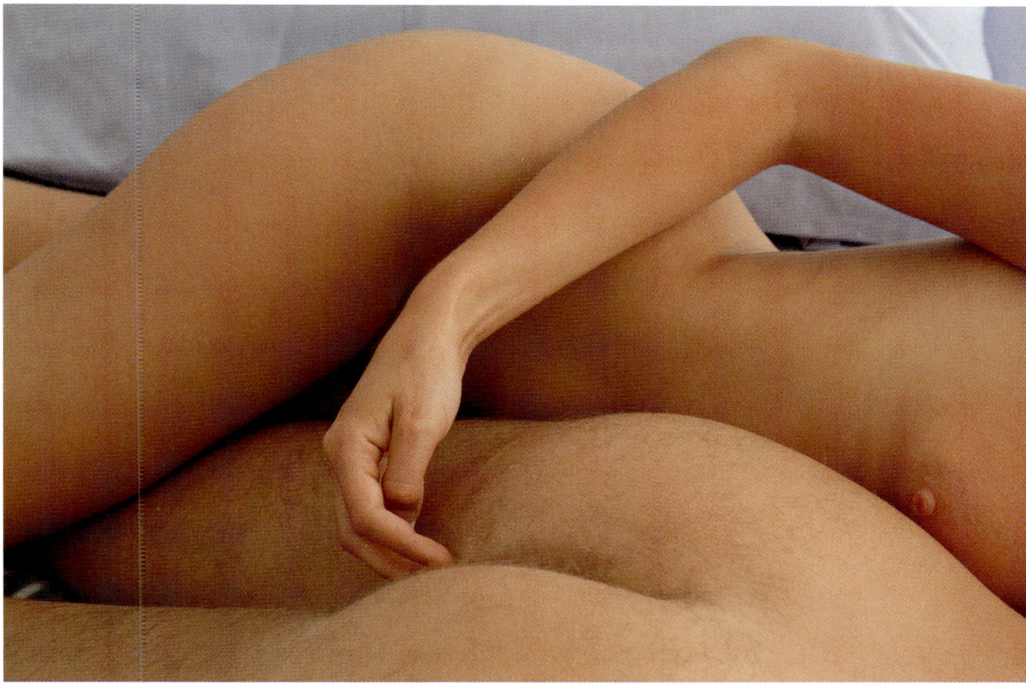

DIE **KNOSPE MASSIEREN**

- **Massieren Sie** erst die Umgebung des Anus. Mit einem Finger voller Gleitmittel umrunden Sie mit leichtem Druck die Öffnung des Anus.
- **Führen Sie** dann den Finger ganz leicht ein und kreisen Sie im Anus. Diese Technik heißt »Rimming«.
- **Drücken Sie** dann sanft gegen die Schließmuskeln. Dehnen Sie ganz langsam die Öffnung ein wenig.
- **Dehnen Sie** vorsichtig weiter, bis Sie zwei Finger einführen können. Gleiten Sie mit beiden leicht gekrümmten Fingern rein und raus und bewegen Sie sie an der Vorder- und Rückseite des Analkanals; an den Seiten sitzen nicht so viele Nervenenden.
- **Gleiten Sie** etwa 2,5 cm hinein und hinaus, ohne den Kontakt abzubrechen. Eine wiegende Bewegung wäre schön, wenn Sie sich sicherer fühlen.

Tipp Hygienemaßnahmen sind unvermeidlich, bevor Sie sich in seine »Sperrzone« wagen. Jede anale Sextechnik sollte nur nach gründlicher Reinigung im Bad, unter der Dusche oder auf dem Bidet erfolgen.

Der P-Punkt

Den P-Punkt kann man sich als männliches Pendant zum weiblichen G-Punkt vorstellen. Das P steht für Prostata, eine Drüse, die am oberen Ende des Anus auf der Vorderseite (zum Bauch hin) liegt. Diese versteckte Lustzone wird von beiden Geschlechtern häufig übersehen, was schade ist, denn sogar allein durch eine Prostatamassage kann ein Mann zum Orgasmus kommen.

DIE **PUNKTLANDUNG**

Es ist von Vorteil, lange Finger zu haben. Der P-Punkt/die Prostata liegt ganz oben am Analkanal. Wenn seine »Knospe« Sie einlässt, führen Sie einen Finger ein, so weit Sie können, und versuchen, ganz sanft die Prostata zu ertasten. Die Verletzungsgefahr bei der zarten Analschleimhaut ist groß, deshalb müssen Ihre Fingernägel gepflegt und kurz sein. Vielleicht möchten Sie auch einen engen, dünnen Latexhandschuh anziehen, aber auch dann dürfen Sie nicht vergessen, genügend Gleitmittel zu verwenden.

Tipp Die Prostata fühlt sich wie ein walnussgroßer, etwas festerer Knubbel an. Wenn Sie sie mit gleich bleibendem Rhythmus pressen, bescheren Sie Ihrem Partner unerwartete sexuelle Freuden.

P STEHT FÜR **PHÄNOMENALE LUST**

1 Führen Sie Ihren Finger nach und nach ein, damit seine Schließmuskeln sich anpassen können. Halten Sie immer wieder inne, bis sich die Muskeln genügend entspannt haben. Das kann jedes Mal bis zu einer Minute dauern!

2 Wenn Sie den Finger ganz eingeführt haben, sind Sie nahe am P-Punkt. Haben Sie ihn gefunden, streicheln Sie ihn immer wieder mit leicht gekrümmtem Finger, als ob Sie jemand herbeiwinken wollten. Der Fingernagel darf die Haut nicht berühren, streicheln Sie daher nur mit der Fingerkuppe.

3 Wenn Sie imstande sind, diese Bewegung eine Weile fortzusetzen, können Sie Ihren Partner damit vor Lust in den Wahnsinn treiben.

4 Wenn Ihre Stimulation nicht mehr benötigt wird, ziehen Sie den Finger sehr langsam wieder heraus. Nach den Kontraktionen des Orgasmus brauchen die Muskeln Zeit, sich wieder zu entspannen.

MÄNNERSPIELZEUG … UND WEITERE KNIFFE

Viele Frauen stellen fest, dass ihre Finger zu kurz sind, um den P-Punkt zu erreichen. In diesem Fall ist Sexspielzeug eine wunderbare Hilfe (siehe auch Seite 204f.). Es gibt spezielle Vibratoren für die anale Stimulation. Sie sind schmaler als die für die weibliche Scheide, haben eine Verdickung und am anderen Ende einen kleinen Griff. Schlanke Vibratoren sind leichter einzuführen, die Verdickung soll den Vibrator im Rektum an seinem Platz halten und der Griff verhindert, dass das Teil womöglich ganz im Anus verschwindet. Die aktuellen Modelle pulsieren sogar, statt nur zu vibrieren, was für eine besonders effektive P-Punkt-Massage sorgt.

> „Man glaubt, dass der P-Punkt in der menschlichen Entwicklung den gleichen Ursprung hat wie der weibliche G-Punkt."

SO FINDEN SIE DEN P-PUNKT

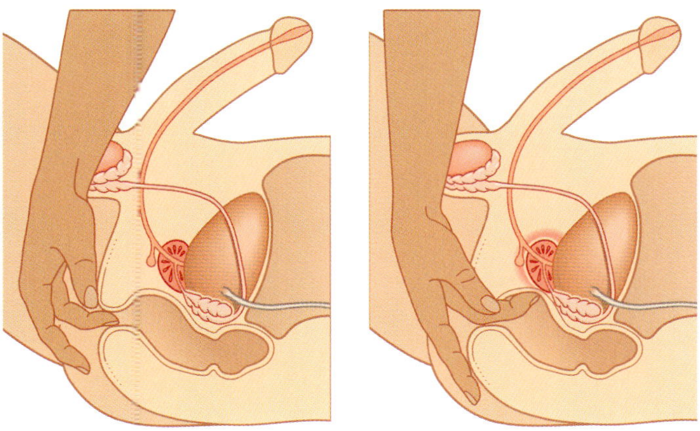

Die Prostata umhüllt die Harnröhre am Blasenausgang.

Einen Finger mit Gleitmittel in den Anus einführen und nach vorne drücken.

P-PUNKT-DILDOS

Mit Dildos kann man den Anus stimulieren, seine Muskeln trainieren, und sie sorgen für ein Gefühl des Ausgefülltseins. Manchmal werden sie auch in Unterwerfungsspielen eingesetzt. Oder man stimuliert sich beim Masturbieren damit anal. Anal- und P-Punkt-Stöpsel gibt es in den verschiedensten Größen, Formen und Materialien.

ANAL-**BEADS**

Das sind miteinander verbundene größere Plastik- oder Latex-»Perlen«, die wie bei einer Perlenkette aufgefädelt sind. Man führt sie sanft pressend in den Anus ein und zieht sie genau dann heraus, wenn der Mann seinen Höhepunkt hat. Im rechten Moment steigert das die Intensität seines Orgasmus.

SPIELZEUGTIPPS

- **Jedes Spielzeug**, das Sie in den Anus einführen, muss vor dem nächsten Einsatz gründlichst gereinigt werden.
- **Das Spielzeug** mit einem Kondom zu umhüllen, ist zwar nicht besonders sexy, aber es verringert die Ansteckungsgefahr bei Geschlechtskrankheiten.
- **Prüfen Sie,** ob das Spielzeug raue Kanten hat. Wenn Sie etwas entdecken, feilen Sie es mit der Nagelfeile glatt; alles, was in den Anus eingeführt wird, muss ganz glatt sein.
- **Denken Sie immer daran,** dass der Penis nach dem Analverkehr gewaschen werden muss, bevor Sie ihn in die Scheide einführen!

"KENNETH RAY STUBBS SCHLÄGT VOR, ANALE STIMULATION MIT DEM GESCHLECHTSVERKEHR ZU KOMBINIEREN. MAN MUSS DAFÜR ZIEMLICH GELENKIG SEIN, ABER GRUNDSÄTZLICH GEHT ES!"

Der Mann in Ihnen

Es gibt nicht nur Transvestiten, also Männer, die gern Frauenkleider anziehen, sondern es gibt und gab immer schon Frauen in Männerkleidern. Dianne Torr (siehe Seite 219) bietet neuerdings sogar Workshops an, in denen Frauen aller Altersklassen, Religionen und Kulturkreise in Kontakt mit ihrer männlichen Seite treten.

SO **WERDEN SIE** ZUM **»DRAG KING«**

- **Fantasieren** Sprechen Sie mit tiefer Stimme und gehen Sie die Dinge langsamer an. Stellen Sie sich vor, was für ein Mann Sie sind und wer Ihr Vorbild ist.
- **Sitzen** Setzen Sie sich mit weit gespreizten Beinen hin, die Füße flach am Boden. Lesen Sie Zeitung oder legen Sie Ihre Hände auf Ihren »Penis«.
- **Aufstehen** Lassen Sie sich Zeit, beugen Sie sich vor und stellen Sie sich gerade hin, bevor Sie losgehen.
- **Gehen** Die Bewegung kommt aus dem Oberkörper. Ihr Gewicht verlagert sich von einer Seite zur anderen, die Hüften bleiben ruhig. Machen Sie größere Schritte.
- **Gesten** Ihre Gesten sind entschieden und kraftvoll. Sie könnten zum Beispiel in die Luft boxen.

MÄNNLICHE **EINBLICKE**

Wozu soll es gut sein, wenn eine heterosexuelle Frau Männerkleidung anlegt und sich wie ein Mann bewegt? Es geht darum, dass Sie einen Einblick erhalten, wie es ist, ein Mann zu sein. Sie erfahren, wie es sich körperlich anfühlt, und Sie sehen, wie Sie von anderen Menschen als Mann wahrgenommen werden. Dadurch erhalten Sie nützliche Erkenntnisse über die inneren Sehnsüchte Ihres Partners.

> “Verhaltensweisen, die Sie als Cathy niemals an den Tag gelegt hätten, fallen Ihnen als Bill möglicherweise ganz leicht.”
>
> *Dianne Torr*

FÜR DEINEN
KALENDER:
14. Februar:
Heißer Sex (20 Uhr
-spät in die
Nacht!)

Überraschung!

Viele Sexualtherapeuten empfehlen, in langjährigen Partnerschaften dem Partner immer wieder Überraschungen zu bieten, damit die Sexualität lebendig bleibt. Sie könnten ihm eine verführerische Notiz unter den Scheibenwischer seines Autos klemmen oder Sie lassen Ihre Liste der wichtigsten »Besorgungen« offen herumliegen, sodass ihm nicht entgehen kann, dass ein Posten darauf »Sex mit ...« (mit seinem Namen in der Lücke) lautet.

NEUES VERSUS **VERTRAUTES**

Wenn ein Paar über sein langweiliges Liebesleben klagt, bittet der Paarberater die beiden Partner oft, beim nächsten Mal eine Kleinigkeit zu verändern. Der Therapeut versucht so, den Reiz des Neuen wieder ins Spiel zu bringen; schon winzige Änderungen können das bewirken. Wenn es sich etwa nicht »richtig« anfühlt, sich beim Sex mit der linken Hand abzustützen statt mit der rechten, dann ist das ein Fortschritt. Denn Ihrem Gehirn fällt auf, dass etwas anders ist – das ist der Beginn einer Veränderung.

FÜR **ABWECHSLUNG** SORGEN

Sex kann zur Routine werden. Zwar ist es häufig eine lustvolle Routine, die sich aus gutem Grund entwickelt hat – weil sie funktioniert. Aber wir erzeugen dadurch ein Muster im Gehirn, das schwer loszuwerden ist. Manche Männer wollen keine Veränderung und sperren sich hartnäckig gegen jeden Vorstoß in diese Richtung. Die eingefahrenen Abläufe gehören für sie zum Sex dazu – wenn man etwas daran ändern möchte, nehmen sie es einem übel. Wagen Sie das Experiment auf der folgenden Seite nur, wenn Sie annehmen können, dass Ihr Partner mitspielt.

Tipp Nicht jede Überraschung ist willkommen. Ich kenne einen Mann, der sich drei Tage lang in seiner Wohnung verbarrikadierte, nachdem seine Freundin ihn mit Flugtickets für einen Wochenendtrip überrascht hatte. Und die Moral der Geschichte? Man sollte seinen Partner gut kennen, bevor man Pläne schmiedet.

DAS **SPIEL MIT DEM PELZMANTEL**

Sie betreten den Raum oder die Wohnung Ihres Partners (idealerweise ein Hotelzimmer) und tragen nichts außer einem (Pelz-)Mantel. Vielleicht erwartet er Sie, vielleicht auch nicht. Wenn Ihnen das zu gewagt ist, ziehen Sie erotische Unterwäsche unter den Mantel. Dieses Spiel ist durch den Überraschungseffekt höchst sexy – so etwas passiert einem Mann schließlich nicht jeden Tag, und Sie haben auf dem Hinweg einen Adrenalinkick vor lauter Aufregung, weil Sie so spärlich bekleidet in der Öffentlichkeit unterwegs sind.

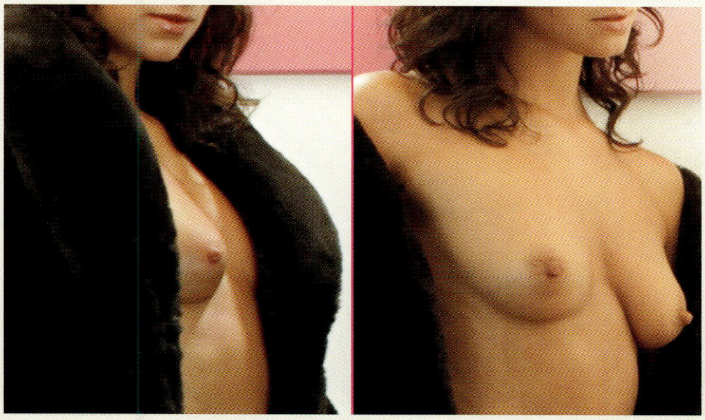

“ Das Spiel mit dem Pelzmantel gehört zu den besten erotischen Überraschungen, die ich je einem Liebhaber bereitet habe – die Wirkung war fantastisch! ”

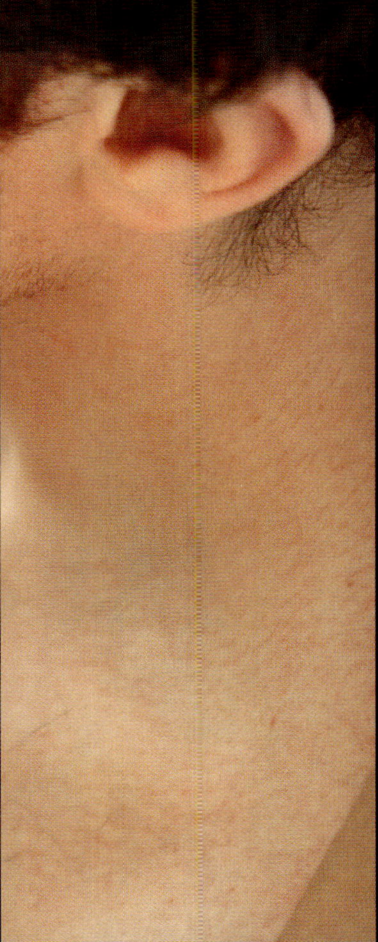

Frauen durch das Liebesspie
göttergleichen Status erlange
Männlichkeit galt als Quelle
tueller Macht und Stärke, u
liebende Frau betete ihren M
wie einen Gott. Heute komm
solche Ideen abstrus vor, do
Sie einige der spirituellen Pr
dieses Kapitels umsetzen m
erleben Sie, wie das Selbstwe
und das liebevolle Verhalten
Partners spürbar zunehmen.

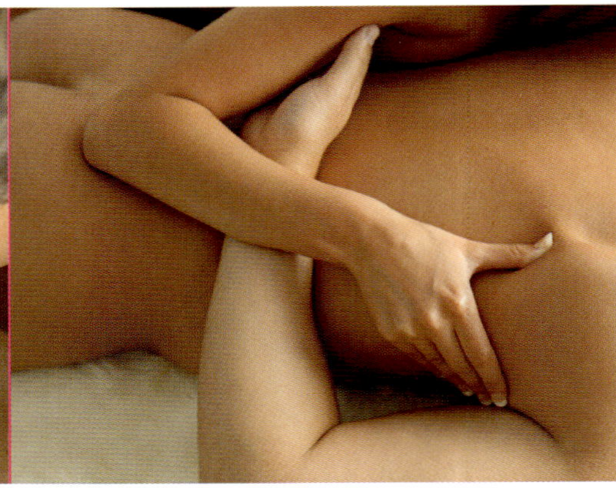

Der Weg zu sexueller Ekstase

Lange Zeit, bevor das Christentum sich im Westen ausbreitete, galt die Ekstase der sexuellen Vereinigung als der Schlüssel zu spiritueller Erfüllung. Ich bin überzeugt, dass starke, kraftvolle sexuelle Empfindungen auch unsere Spiritualität stärken, und es gibt zwei Wege, die dorthin führen: Der erste ist der Weg extremer sexueller Lust, der hier beschrieben ist; der zweite ist der Weg liebevoller Intimität (siehe Seite 156f.).

DIE **LUSTZONEN** SENSIBILISIEREN

Kenneth Ray Stubbs (siehe Seite 219) gehört zu den Sexualtheapeuten, die in ihren Workshops und Büchern die Spiritualität miteinbeziehen. Zu den Techniken, die er lehrt, gehört auch die Sensibilisierung der Lustzonen. Im Folgenden finden Sie »seine geheimen« erogenen Zonen sowie einige, die ich selbst hinzugefügt habe. Behalten Sie sie im Kopf, wenn Sie sich auf den Weg zur sexuellen Ekstase machen.

Die Nackenpunkte Viele von uns haben sie sicher schon einmal zufällig gespürt, während der Partner liebevoll am Ohr, am Nacken und an der Schulter geknabbert hat. Die Zone ist so empfindsam, dass sie im ganzen Körper zur Erregung führen kann, besonders in den Genitalien. Um die Zonen zu finden, sehen Sie sich bei Ihrem Partner den Übergang des Hinterkopfs zur Halswirbelsäule an. Direkt darunter, rechts und links von den oberen Halswirbeln, finden Sie kleine Muskeln, die sich sehr fest anfühlen können. Diese Zone ist eine Geheimquelle für erotische Empfindungen; Sie können sie massieren oder mit den Fingern darauf trommeln.

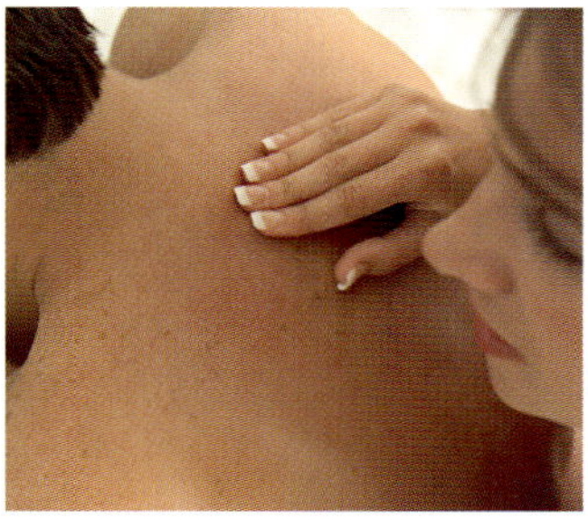

Tipp Bitten Sie jemanden, Ihre Nackenpunkte zu massieren, damit Sie spüren, was sich am besten anfühlt, wenn Sie Ihren Partner dort streicheln. Bleiben Sie immer sanft.

Die Schulterblätter Legen Sie den Arm Ihres Partners sanft auf seinen Rücken und leicht nach oben. Dadurch hebt sich das Schulterblatt, und Sie können mit leichtem Druck am Rand entlang und ein Stückchen darunter massieren. Für manche Menschen fühlt sich das sensationell an.

Die Leiste Drücken Sie am Becken sanft die Stellen, wo seine Beine vorne innen in den Rumpf übergehen, und zwar auf beiden Seiten gleichzeitig. Wandern Sie dann etwa fünf bis sechs Zentimeter nach oben, bis Sie auf die Leistenbänder stoßen, die sich ein wenig wie Seile anfühlen. Ertasten Sie sie vorsichtig und drücken und rotieren Sie dann massierend auf und um diese Bänder, ohne mit den Fingern über die Haut zu wandern.

»Der heidnische Glaube, man könnte durch ein freudvolles, glückliches Liebesspiel quasi zum Gott werden, hat doch wirklich was!«

Die Peniswurzel Im Anschluss an eine sinnliche Massage und eine Genitalmassage sollten Sie die Stelle unterhalb des Penis suchen, wo der Hodensack beginnt. Ertasten Sie sanft, aber so fest wie nötig die Basis des Penis durch den Hodensack und lassen Sie die Haut unter Ihren Fingern um die Peniswurzel rotieren. Massieren Sie gleichzeitig mit der anderen Hand die Eichel. Da nur die wenigsten Männer beim Masturbieren die Peniswurzel einbeziehen, könnte dies ein ganz neues Gefühl für Ihren Partner sein. Die Kombination der Massagegriffe vermittelt Ihrem Partner den Eindruck, überall gleichzeitig gestreichelt zu werden.

Die spirituelle Massage

Mit einer indischen Kopfmassage können Stress und Spannungen in den Schultern, im Nacken, an der Kopfhaut und im Gesicht abgebaut werden. Sie verbessert die Durchblutung im Gehirn und schärft die Wahrnehmung. Traditionell wird sie bekleidet ausgeführt, doch weil man in dieser Variante nackt ist, ist der Mann gleichzeitig entspannt und hellwach.

DIE **REIHENFOLGE**

Ihr Partner setzt sich aufrecht auf einen Stuhl. Sie legen sanft Ihre Hände von oben auf seinen Kopf. Reiben Sie ihn mit Ihren Handflächen und Fingerspitzen an den Seiten und wieder zurück nach oben. Dann drücken Sie mit den Fingerspitzen und Daumen auf die Kopfhaut und reiben sie mit kleinen, rhythmischen Bewegungen vorwärts und rückwärts. Arbeiten Sie sich auf diese Weise über den ganzen Kopf in den folgenden Schritten:

1 Legen Sie Ihre Handballen an seine Schläfen und bewegen Sie eine Hand dort ganz schnell auf und ab, während die andere still hält. Danach bewegt sich die andere Hand.
2 Zupfen Sie ganz sanft an den Haaren seitlich am Kopf und massieren Sie die Stellen vor und über den Ohren kreisförmig.
3 Legen Sie die Finger an die Schläfen, die Spitzen zeigen nach oben. Pressen Sie den Kopf mehrmals für fünf Sekunden.
4 Massieren Sie fest die kleinen Muskeln seitlich im Nacken, dann neigen Sie seinen Kopf nach hinten und lassen ihn fünfzehn Sekunden lang auf Ihren Daumen ruhen.
5 Kneten Sie die Kappenmuskeln, die hinten oben über die Schultern verlaufen.
6 Lassen Sie zum Abschluss Ihre Fingerspitzen leicht über seinen Kopf prasseln, wobei Sie sanft an den Haaren zupfen.

“ Die indische Kopfmassage (auf Hindi heißt sie ‚Champi‘) geht auf die Tradition der gegenseitigen Körperpflege innerhalb der Familie zurück, die über tausend Jahre alt ist. ”

Feueratmungsorgasmen

Diese Tradition indianischer Schamanen verdankt ihre Wiederbelebung in Nordamerika Harley Swiftdeer. Seiner Ansicht nach waren die Feueratmungsorgasmen ein Bestandteil traditioneller Zeremonien der Cherokee, denn sie versetzten die Indianer in die Lage, die Naturkräfte wahrzunehmen, die sie während der energetisierenden Höhepunkte durchströmten. Auch heute können diese Techniken bei Männern wie Frauen sexuelle Energien neu beleben und sie lassen uns Orgasmen viel tiefer empfinden.

MIT DER **FEUERATMUNG** ZUM **HÖHEPUNKT**

1 Legen Sie sich auf eine nicht zu weiche Unterlage.
2 Entspannen Sie sich.
3 Atmen Sie tiefer – durch die Nase ein, durch den Mund aus.
4 Kippen Sie beim Einatmen jedes Mal das Becken nach vorne und beim Ausatmen wieder nach hinten.
5 Sobald Ihnen diese Bewegungen mühelos gelingen, spannen Sie beim Ausatmen jedes Mal Ihre Scheidenmuskeln bzw. die Muskeln am Penis an (als ob Sie den Harnfluss zurückhalten wollten) und drücken dabei den Rücken flach auf die Unterlage. Alle diese Bewegungen stimulieren die Empfindungen im Genitalbereich.
6 Beim Einatmen stellen Sie sich vor, Sie würden Ihren Bauch mit Luft anfüllen. Dann lassen Sie sie wieder ausströmen.
7 Wenn Sie diese Übung ohne Anstrengung ausführen können, öffnen und schließen Sie dabei Ihre angewinkelten Knie.
8 Nun visualisieren Sie die Energie, die in Ihren verschiedenen Körperteilen wie Hitzewellen immer stärker wird. Stellen Sie sich vor, wie Sie die Luft beim Einatmen bis in den Unterleib,

“ DIE FEUERATMUNG REINIGT DEN KÖRPER VON ALTEM SCHMERZ UND KANN JENEN FRAUEN ZUM ORGASMUS VERHELFEN, DIE VORHER DABEI PROBLEME HATTEN. ”

Annie Sprinkle

zunächst in den Damm (die Stelle zwischen Anus und Scheide bzw. Hoden) schicken und dort zirkulieren lassen. Wenn Sie spüren, dass die Stelle wärmer wird, wiederholen Sie das in der Bauchgegend und lassen dann die heiße Luft – bildlich – vom Bauch zum Perineum und wieder zurück zirkulieren.

9 Lassen Sie die heiße Luft auf die gleiche Weise zwischen Bauch und Herz zirkulieren...

10 ... und als Nächstes zwischen Herz und Hals. Es ist ganz normal, dabei unwillkürlich Geräusche zu machen; das öffnet den Hals für den zirkulierenden Energiefluss.

11 Dann bewegen Sie vor Ihrem inneren Auge die Luftzirkulation zwischen Hals und drittem Auge (die Stelle in der Mitte der Stirn).

12 Als Letztes schicken Sie die Energie vom dritten Auge zum oberen Ende des Kopfes; vielleicht fühlt es sich irgendwann so an, als ob die Energie oben aus Ihrem Kopf herausschießt. Ihre Atmung ist wahrscheinlich viel schneller und flacher geworden. An dieser Stelle erleben einige den Feueratmungsorgasmus, der von außergewöhnlich langer Dauer ist!

Machen Sie sich keine Sorgen, wenn Sie den Höhepunkt nicht erreichen. Es geht vor allem darum, den Körper durch diese Atemtechnik von energetischen Blockaden zu befreien. Die Blockaden können zum Beispiel vergangene Erfahrungen sein, die Sie noch hemmen oder in Ihrer Entfaltung beeinträchtigen. Sie können die Feueratmung auch beim Geschlechtsverkehr praktizieren. Die Techniken verstärken den Orgasmus, und manche Menschen erfahren durch sie überhaupt zum ersten Mal einen Höhepunkt beim Geschlechtsverkehr.

Man kann den Körper durch Gedankenkraft und Atemtechnik tatsächlich aufheizen. Wenn es Ihnen gelingt, Ihren ganzen Körper mit Energie aufzutanken, haben Sie die Chance, einen unglaublichen Orgasmus zu erleben.

Tipp Ihr Energiepegel kann bei dieser Methode schwanken. Lassen Sie sich von einem niedrigen Energielevel nicht herunterziehen: Gehen Sie zurück zu dem Schritt, an dem Sie Ihre Konzentration verloren haben, und machen Sie von da ab weiter. Berühren Sie die Körperstellen, an denen Sie die Luftzirkulation visualisieren, mit den Händen. Fächeln Sie mit den Händen über der Stelle, als ob Sie die Zirkulation unterstützen wollten.

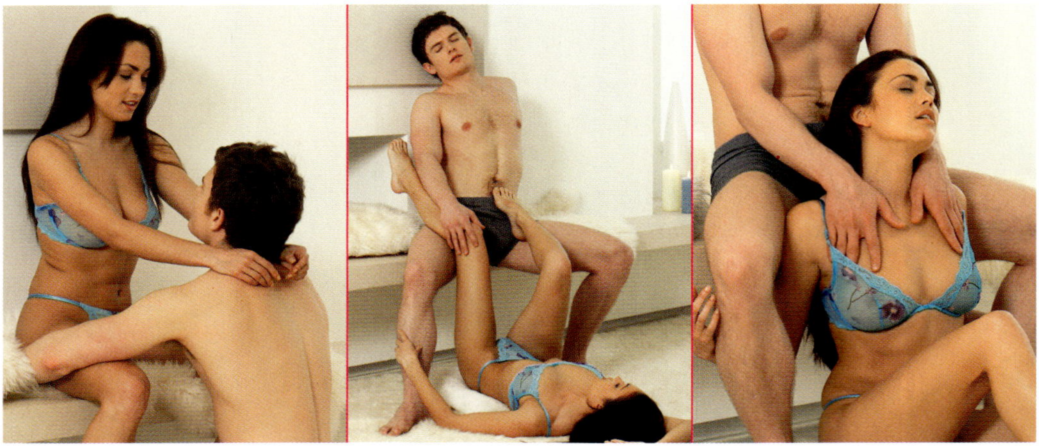

Liebevolle Intimität

Nachdem Sie sich den körperlichen Aspekten der sexuellen Spiritualität gewidmet haben, können Sie sich auf den Weg der liebevollen Nähe wagen. Im Folgenden finden Sie eine geführte Fantasiereise, die ich bei Kenneth Ray Stubbs (siehe Seite 219) kennen lernte. Sie hat mich so beeindruckt, dass ich sie schon oft an andere weitergegeben habe.

FANTASIEINSELN

Diese Übung wird für Sie eine Entdeckungsreise sein. Wecken Sie den Enthusiasmus und die Sinnlichkeit Ihres Partners, indem Sie Ihre Fantasie mit ihm teilen, und geben Sie ihm die Möglichkeit, sein Vorstellungsvermögen beim Imaginieren einer verführerischen Fantasielandschaft zu erweitern. Indem er in Ihrer Gegenwart so etwas wie eine Zeitreise macht, erlebt er Nähe und Intimität – das kann eine exzellente Grundlage für spirituell bereichernden Sex sein.

Am besten setzen Sie sich hin und Ihr Partner liegt bequem. Sie müssen für die Fantasiereise nicht nackt sein, falls Sie aber für danach eine Massage oder Sex planen, sollten Sie eher leicht bekleidet sein. Dann führen Sie Ihren Partner durch die Fantasie, indem Sie ihm einen »Rahmen« geben, den er im Geist ganz nach seinem Geschmack füllen und ausschmücken kann. Während der Reise soll er Ihnen nicht erzählen, was er sieht, aber anschließend kann er Ihnen seine geistigen Bilder natürlich beschreiben.

ZWISCHEN JEDER **ANWEISUNG** KOMMT EINE **PAUSE**

1 »Du gehst über einen Dir unbekannten Strand. Wie sieht er aus? Welche Farben und Materialien findest du vor? Wie fühlt es sich unter deinen Füßen an?«

2 »Dreh dich zum Meer hin. Welche Farbe hat es? Wie sind die Wellen? Ist die See rau oder glatt? Ist das Meer weit entfernt oder stehst du nah am Wasser?«

3 »Dreh dich zum Strand. Was siehst du direkt hinter dem Strand?«

4 Führen Sie ihn dann über den Rest der Insel und lassen Sie ihm überall Zeit, sich alles genau vorzustellen und sich in die Empfindungen auf der Haut, die Gerüche, die Farben usw. einzufühlen.

MEINE EIGENE **FANTASIEINSEL**

Als ich diese Übung machte, habe ich mich nicht auf einer fernen Insel, sondern auf einem fremden Planeten gesehen. Der Sand war lila und es gab orangefarbene hohe Berge in der Nähe – eine wirklich außerirdische Landschaft. Die Bäume und das Unterholz waren tropisch, und die Farben leuchteten und es gab exotische Vögel. Als ich durch den Wald ging, glitt orangefarbener Sand in Dünen von den Bergen hinunter und bald fand ich mich in einer heißen Wüste wieder. Die Fantasie war so packend, dass sie meine Sinne schärfte und meine Haut danach unglaublich empfindsam war.

» EGAL WIE MAN SICH SEINE FANTASIEINSEL VORSTELLT, AUF JEDEN FALL WIRD DIE KREATIVITÄT DAMIT GEFÖRDERT. «

Tipp Heben Sie sich die geführte Fantasie für besondere Gelegenheiten auf, sonst verliert sie ihre Kraft. Im Grunde können Sie jede Geschichte verwenden. Wichtig ist nur, dass Sie keine genauen Bilder verwenden, sondern die Ausschmückung der Vorstellungskraft Ihres Partners überlassen.

Achtung und Vertrauen

Gegenseitiges Vertrauen und Respekt sind in einer Beziehung unabdingbar; nur so kann sich eine Art spiritueller Frieden einstellen. Das Selbstvertrauen mancher Männer und Frauen ist allerdings leicht zu erschüttern. Beim Liebesspiel fühlen sie sich besonders verwundbar.

LIEBEVOLLE **»ZUTATEN«**

Einen liebevollen und respektvollen Umgang in der Partnerschaft zu gestalten, ist einfach. Das verlieren wir nur manchmal aus dem Blick, weil unser Leben so oft von Konkurrenzdenken geprägt ist. Wir haben eine kollektive Paranoia entwickelt, die sich sogar auf die Partner, die wir lieben, bezieht. Falls Sie das nur schwerlich glauben können, fragen Sie sich einmal:

- ob Sie vor anderen respektvoll über Ihren Partner sprechen
- ob Sie ad hoc fünf positive Dinge an ihm aufzählen könnten
- ob Sie sich im Bett gleichberechtigt fühlen

VERTRAUEN UND **ACHTUNG** ENTGEGENBRINGEN

- **Kritisieren Sie** Ihren Partner nicht vor anderen, weder in seiner An- noch in seiner Abwesenheit.
- **Ignorieren Sie** seine Bitten nicht.
- **Lügen Sie** ihn nicht an.
- **Kommen Sie** ihm körperlich näher und zeigen Sie Ihre Zuneigung deutlich.
- **Umarmen Sie** ihn nach Herzenslust – und oft!
- **Sagen Sie** ihm mindestens einmal am Tag, dass Sie ihn lieben.
- **Widmen Sie** ihm nach Möglichkeit mindestens 50 Prozent Ihrer verfugbaren Zeit.
- **Unterstützen Sie** ihn in jeder Hinsicht.

Tipp Sexualtherapeuten wissen, dass eine seelische Verletzung, die ein Partner dem anderen z.B. durch harsche Worte beigebracht hat, die sexuellen Reaktionen beeinträchtigen. Ich glaube, den besten Sex gibt es zwischen Partnern, die einander bewusst vertrauen und den anderen bewundern.

»Ich liebe dich« sagen

Nach außen hin gibt sich Ihr Partner vielleicht unangreifbar, aber trotzdem hat er das Bedürfnis, geliebt zu werden. Leider fällt es vielen Menschen schwer, »Ich liebe dich« zu sagen oder ihre Zuneigung anders auszudrücken. Das heißt nicht, dass sie keine Liebe empfinden, nur weiß der Partner unter Umständen nichts davon, wenn es ihm nicht vermittelt wird. Geben Sie Ihrem Partner zu verstehen, dass er geliebt wird.

SENDEN SIE IHM LIEBESBOTSCHAFTEN

1 Sprechen Sie über die Anfänge Ihrer Beziehung. Erinnern Sie einander daran, wie stark Sie Ihre Liebe damals empfanden. Sagen Sie ihm: »Ich liebe dich auch heute noch sehr.«
2 Berühren, umarmen und küssen Sie sich vor anderen.
3 Kuscheln Sie sich beim Fernsehen auf der Couch aneinander.
4 Umsorgen Sie den Körper des anderen; zur körperlichen »Pflege« gehören Berührungen (siehe Seite 62f.).
5 Sehen Sie einander in die Augen – das ist eine außerordentlich intime Angelegenheit.
6 Tun Sie täglich drei nette Kleinigkeiten für den anderen.
7 Rufen Sie den anderen alle paar Tage an, um ihm zu sagen: »Ich denke an dich.«
8 Lesen Sie sich gegenseitig etwas vor.
9 Bedanken Sie sich für alles, was Ihr Partner für Sie tut.
10 Sagen Sie im ab und zu, wie sehr Sie einen bestimmten typischen Charakterzug an ihm schätzen.
11 Wenn Sie ihn bitten, sein Verhalten in einem Punkt zu ändern, dann sollten Sie nicht vergessen zu erwähnen, wie viel er Ihnen bedeutet.

“ DAS ANBETUNGSRITUAL FÜR MÄNNER MUSS NICHT UNBEDINGT ZUM ORGASMUS FÜHREN – VOR ALLEM SOLL ES IHM ZEIGEN, DASS ER GELIEBT WIRD. ”

Tipp In einer Beziehung lernt man mit der Zeit auch etwas von seinem Partner; wenn Sie offen und freundlich sind, wird Ihr Partner auch etwas von Ihnen lernen, und sei es nur unbewusst. Menschen, die uns nahe stehen, können wir allein dadurch beeinflussen, dass wir ganz wir selbst sind.

DAS **ANBETUNGSRITUAL** FÜR **MÄNNER**

Bevor Sie jetzt angesichts dieser politisch so unkorrekten Idee kreischend das Weite suchen, denken Sie bitte kurz nach. Würde es Ihnen andersherum nicht auch gefallen, wenn Ihr Mann Ihre Genitalien anbeten würde – ihre Form, ihr Aussehen und wie sie sich anfühlen – und Ihnen das demonstrieren würde, indem er Ihre Schamlippen wäscht, Ihre Haare bürstet, Ihren Körper pflegt und Sie nach einer langsamen, ausgedehnten Genitalmassage mit Oralsex verwöhnt? Und das alles ohne das leiseste Anzeichen, dass er etwas dafür erwartet, und ohne jeglichen Druck. Wäre das nicht fantastisch, und würden Sie sich nicht wahnsinnig gut fühlen, wenn Ihr Partner offen dafür wäre, Ihre Sexualität so unverhohlen anzubeten? Ich würde es jedenfalls.

UNGETEILTE **AUFMERKSAMKEIT**

Wenn Sie möchten, dass Ihr Partner sich fantastisch fühlt und Sie dafür seinerseits anbetet, dann versuchen Sie es doch mit diesem Anbetungsritual für Männer, das Ihnen beiden Freude machen kann. Planen Sie dafür etwa 30 bis 45 Minuten ein.

- **Entkleiden Sie** Ihren Partner.
- **Bringen Sie** ihn ins Badezimmer, wo Sie ein Vollbad vorbereitet haben, und seifen Sie ihn sorgfältig ein, auch an den Genitalien.
- **Trocknen Sie** ihn mit vorgewärmten Handtüchern ab und lassen Sie ihn sich auf eine nicht zu weiche Unterlage legen.
- **Massieren Sie** seinen Körper.
- **Liebkosen Sie** seine Genitalien.
- **Sagen Sie** ihm, wie sehr Sie seinen ganzen Körper lieben, besonders den Penis und die Hoden.
- **Verwöhnen Sie** ihn mit einer oralen Massage! (Inspiration finden Sie auf Seite 118–133.)

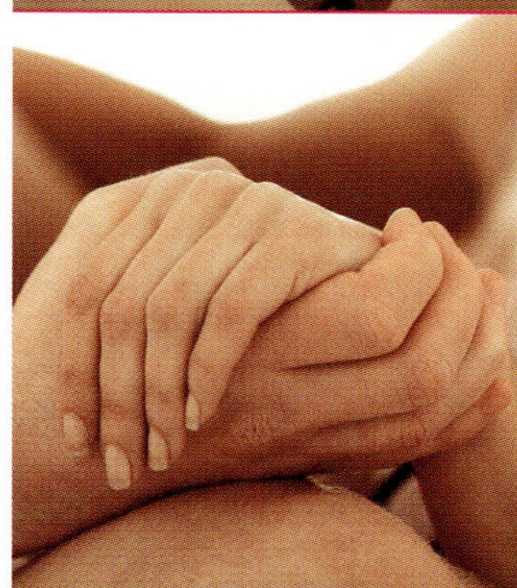

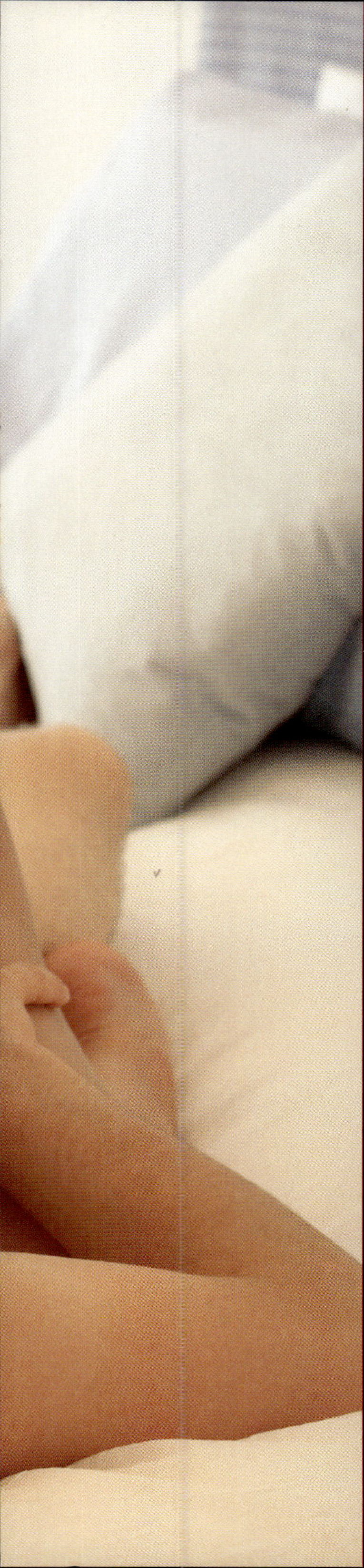

KAPITEL 9

Liebesstellungen

Wenn absolute Diskretion garantiert wäre, würden viele Menschen gerne einmal ein anderes Paar beim Sex beobachten – es dürfte aber natürlich keiner wissen! Besonders Männer interessieren sich für mögliche Sexstellungen, vielleicht weil sie so visuell orientiert sind und ein erotischer Anblick sie so leicht erregt. Dieses Kapitel ermutigt Sie zur Aufmerksamkeit beim Sex. Wenn Sie lernen, wie Sie Ihre Empfindungen steigern können, intensivieren Sie Ihre sexuellen Erlebnisse beträchtlich.

Die Expertenstellungen

Klassiker der erotischen Literatur wie das *Kamasutra* listen zwar Dutzende verschiedene Sexstellungen auf, aber seien wir ehrlich: Die meisten davon sind entweder nur lustig oder von keinem normalen Menschen nachzumachen. Wir sind weit weniger experimentierfreudig, als man Anfang des 21. Jahrhunderts zugeben möchte. Hier finden Sie Stellungen, die sowohl aufregend als auch realistisch sind.

NEUE **EMPFINDUNGEN**

Die vorgestellten Stellungen wurden von Männern und Frauen vorgestellt, mit denen zusammen ich in San Francisco Kurse zur Sexualität besuchte. Die »Erhobenen Beine« (siehe Seite 166f.) werden empfohlen, weil sie ihm ein tiefes Eindringen ermöglichen und Ihr G-Punkt bei den Stößen so leichter erreicht wird. Die »Scherenstellung« (siehe Seite 168f.) ist fabelhaft, wenn Sie sich langsam an etwas ganz Neues heranwagen möchten. Der zunehmende Druck auf Ihre und seine Schamgegend beschert Ihnen völlig neue Empfindungen.

Die »Klemme« (siehe Seite 170f.) wird er lieben, weil er zunehmenden Druck am Penis spürt, wenn Sie ihn zwischen Ihren Schenkeln pressen, während er in Ihnen ist; und »Von hinten einmal anders« (siehe Seite 172f.) ist zu empfehlen, wenn Sie einmal ganz besondere Gefühle beim Liebesspiel erleben wollen.

“NACHDEM ICH SIEBEN AUSGABEN DES *KAMASUTRA* HERAUSGEGEBEN HABE, WEISS ICH GENAU, BEI WELCHEN STELLUNGEN SICH EIN VERSUCH LOHNT.”

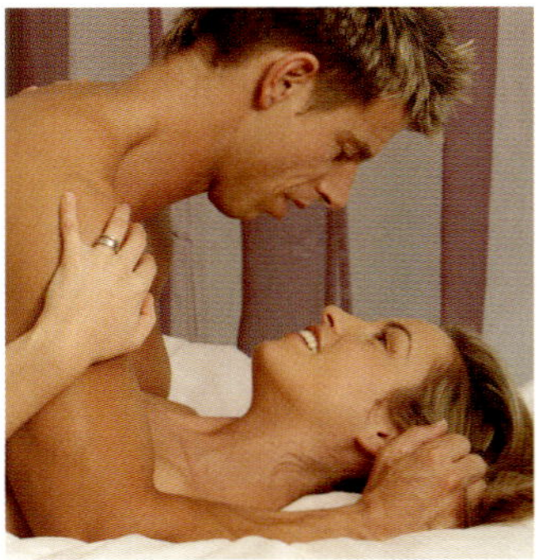

ERHOBENE BEINE

Diese ungewöhnliche Stellung wirkt zwar etwas akrobatisch, aber Sie können Sie ohne Verrenkungen einnehmen. Ihm wird es gefallen, weil er Sie offen sehen und tief eindringen kann. Aber auch für Sie hat sie Vorteile: Ihr Partner erreicht wahrscheinlich langsamer die höchste Erregung, das heißt die Action dauert länger. Und die Stimulation Ihres G-Punkts ist dabei einfacher; die normalen Stöße bieten meist nicht den nötigen intensiven Druck an der richtigen Stelle. Hier kann sich Ihr Partner zurücklehnen, sodass sein Penis fest an den G-Punkt auf der Vorderseite der Scheide gepresst wird.

“DIESE STELLUNG IST BESONDERS GEEIGNET, UM DEN SEX IN DIE LÄNGE ZU ZIEHEN UND UM DEN G-PUNKT ZU STIMULIEREN.”

DIE SCHERE

Bei dieser Stellung erzeugen Sie den stärksten Druck auf seine und Ihre Schamgegend. Von oben betrachtet wirken Sie und Ihr Partner wie eine Schere. Sie liegen auf dem Rücken, Ihr Partner auf Ihnen. Eins seiner Beine liegt zwischen Ihren, das andere außerhalb. Dadurch ändert sich der Winkel seines Oberkörpers und obwohl Ihre Bäuche sich berühren, liegt er eigentlich neben Ihnen. Dabei ruht sein Gewicht zum Teil auf seinen Armen, sodass er nicht zu schwer auf Ihnen liegt.

“ Ihre Becken sind wie ein Dreh- und Angelpunkt, und Sie beide schaukeln am anderen vor und zurück, während der Mann zustösst. ”

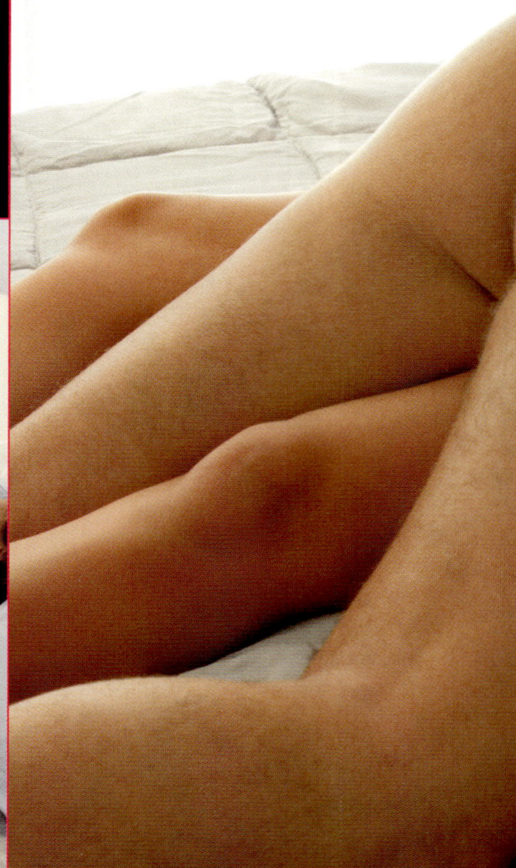

DIE KLEMME

Wie bei der Schere liegen Sie auf dem Rücken, Ihr Partner liegt auf Ihnen. Sobald er eingedrungen ist, führen Sie Ihre Beine unter ihm zusammen und pressen Sie zusammen, während Sie gleichzeitig die Vaginalmuskeln anspannen. Jetzt haben Sie ihn in die Zange genommen, nicht nur in der Scheide, sondern auch mit den Schenkeln. Beim Stoßen erfährt er viel stärkere Empfindungen, weil sein Penis fester gedrückt wird. Die Klemme ist gut geeignet, wenn seine Erektion nicht sehr stark ist, und sie stellt auch eine gute Hilfestellung dar, wenn der Mann länger braucht, um zum Höhepunkt zu kommen.

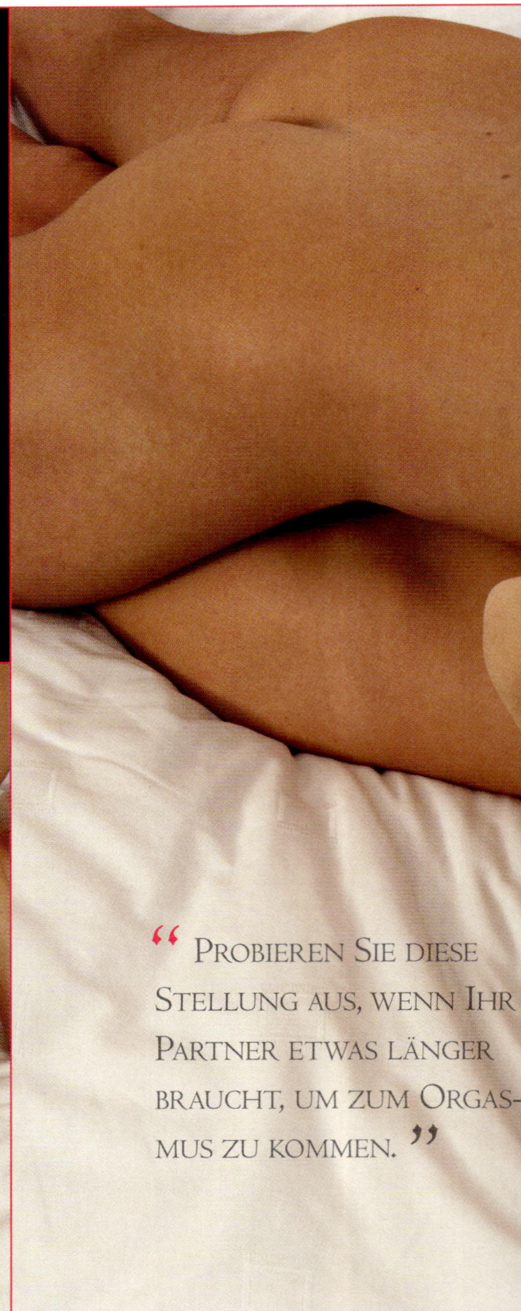

> „Probieren Sie diese Stellung aus, wenn Ihr Partner etwas länger braucht, um zum Orgasmus zu kommen."

VON HINTEN EINMAL ANDERS

Hier sind Sie oben und Ihr Partner liegt auf dem Rücken und hat seine Knie etwas angewinkelt. Männer, die gerne die Kontrolle abgeben, lieben es meistens, wenn die Frau oben ist. Hier kann er auch Ihren Po bewundern und nach Herzenslust liebkosen. Sie können eine Hand zwischen seine Beine schieben und die Hoden streicheln. Die Stellung macht vor allem dem Mann Freude: Sie selbst bekommen eher wenig klitorale Stimulation.

“Hier kann sich Ihr Partner zurücklehnen und die Aussicht geniessen.”

Geheime Variationen

Für viele Männer ist es schwierig, nicht zu schnell zum Höhepunkt zu kommen – der medizinische Ausdruck hierfür lautet »ejaculator praecox«. Ein grundlegendes Problem beim Sex ist nun einmal, dass der Mann, wenn er durchgängig tiefe Stöße macht, schnell zum Orgasmus kommt. Wenn Sie das beide möchten, ist es kein Problem. Aber die meisten Männer und Frauen fühlen sich irgendwie betrogen, wenn der Akt zu kurz ist und sie keine Zeit hatten, all die besonderen Rituale und Spielchen zu genießen, durch die der Sex erst richtig Spaß macht.

VERZÖGERUNGSTAKTIKEN

Glücklicherweise gibt es einige Methoden, mit denen Männer ihren Höhepunkt hinauszögern können (siehe Seite 80f.). Viele Männer wollen den Geschlechtsverkehr in die Länge ziehen, ohne dabei zählen zu müssen und ohne die Hilfe der Partnerin. In diesem Fall könnten Sie es mit der Stellung »Blume in der Vase« versuchen.

Der Mann ist oben, sein »Stängel« befindet sich in Ihrer »Vase«. Er stellt seine Stöße für eine Weile ein, der Penis bleibt jedoch in Ihnen. Idealerweise stimuliert er Sie weiter mit den Händen oder einem Vibrator. Wenn es diesmal vor allem um seine Lust geht, streicheln Sie sich selbst, entweder mit den Fingern oder einem Minivibrator, den man über den Finger streift.

Sobald Ihr Partner seine Ejakulation wieder unter Kontrolle hat und sieht, dass Sie wirklich höchst erregt sind, kann er das Stoßen wieder aufnehmen. Sollten Sie sich um einen gleichzeitigen Orgasmus bemühen, ist das eine hervorragende Methode.

Tipp Taoistische Weise sind Spezialisten in der Kunst, den männlichen Orgasmus hinauszuzögern. Einer ihrer Grundsätze ist, dass man nicht in der gleichen Stellung bleiben muss, wenn der Sex angefangen hat. Nichts hält Sie davon ab, die Stellung ein Mal oder mehrmals zu wechseln.

Oben Spaß haben

Ihrem Partner gefällt es vielleicht sehr gut, wenn er Sie bei einer Frau-oben-Stellung im Blick hat und Sie für die ganze Action sorgen; aber Frauen finden es oft schwierig, dabei richtig erregt zu werden. Bei der »Reiterstellung«, die Sie hier sehen, beugen Sie sich nach vorne, während Sie auf dem Penis des Partners nach unten gleiten, und neigen sich beim Aufrichten nach hinten. Mit dieser Hin-und-her-Bewegung erreichen Sie Ihre besonders empfindsamen Stellen. Beim Vorbeugen gleitet sein Penis an Ihrer Klitoris entlang, beim Zurückgehen sollte er Ihren G-Punkt treffen. Die langsame, wiegende Bewegung intensiviert den Orgasmus zusätzlich.

“Für Ihren Partner ist es ein riesiges Kompliment, wenn Sie von ihm angetörnt werden.”

“Die Frau-oben-Stellungen stärken das Selbstvertrauen bei den Männern ganz erheblich.”

Geheime Stoßtechniken

Meine Geheimtechniken sind für Männer gedacht, die noch mehr von ihren Orgasmen haben möchten. In meinen Workshops arbeite ich mit dem Rhythmus »langsam, langsam, schnell-schnell, langsam«, den Sie vielleicht aus der Tanzschule kennen. Dieser Takt erinnert die Männer daran, das Tempo bei ihren Stößen zu variieren. Am Anfang fühlt sich das etwas gekünstelt an, aber der Rhythmus ist so einfach, dass Ihr Partner schon bald vergisst, darüber nachzudenken.

LANGSAM, LANGSAM, SCHNELL-SCHNELL, LANGSAM

Durch die wechselnden Stöße erfährt der Penis unterschiedlichen Druck. Erst spürt Ihr Partner den festeren Druck der langsamen Bewegungen, der ihm intensive Empfindungen schenkt, dann folgen die flachen, schnellen Stöße, die den bevorstehenden Höhepunkt hinauszögern. Dabei baut sich seine Spannung immer weiter auf. Bei der nächsten Stoßfolge sind die Empfindungen noch stärker.

Es hat geradezu ein Gefühl der Zeitlosigkeit, wenn Ihr Partner diesen Rhythmus durchhält, und er kann ganz bewusst genießen, wie sich seine sinnliche Erregung stufenweise aufbaut. Falls Ihr Partner von der Idee nicht besonders angetan ist, können Sie diese Stoßtechnik auch in einer Frau-oben-Stellung einsetzen. Dann kann er sich schon mal damit anfreunden und bekommt vielleicht doch noch Lust, sie selbst auszuprobieren.

“Die Geheimtechniken können Sie in jeder beliebigen Stellung einsetzen; die Missionarsstellung scheint aber am besten zu funktionieren.”

DIE TAOISTISCHE NEUNERFOLGE

Dies ist eine alte chinesische Übung, die bis zur Mitte des 20. Jahrhunderts im Westen völlig unbekannt war. Sie erzeugt eine hohe Sensibilität beim Mann. Taoistische Weise glauben, dass nicht nur die Hände und Füße Reflexzonen und Akupressurpunkte enthalten, die sie mit anderen Körperteilen und Organen verbinden, sondern auch der Penis und die Vagina. Um beim Sex auch der Gesundheit etwas Gutes zu tun, müssen die Geschlechtsorgane gründlich massiert werden, damit ihre Akupressurpunkte angeregt werden. Dazu dient die Neunerfolge, bei der auch die meisten inneren Organe massiert werden.

Tipp Ein junger Mann berichtete einmal in meinem Paarworkshop, dass sich bei der Stoßtechnik »Langsam, langsam, schnell-schnell, langsam« sein Höhepunkt erheblich hinauszögerte, und wenn er dann kam, spürte er ihn im ganzen Körper.

DIE STÖSSE

- Neun flache Stöße
- Ein tiefer und acht flache Stöße
- Zwei tiefe und sieben flache Stöße
- Drei tiefe und sechs flache Stöße
- Vier tiefe und fünf flache Stöße
- Fünf tiefe und vier flache Stöße
- Sechs tiefe und drei flache Stöße
- Sieben tiefe und zwei flache Stöße
- Acht tiefe und ein flacher Stoß
- Neun tiefe Stöße

Wie schon der Rhythmus »Langsam, langsam, schnell-schnell, langsam« auf der vorigen Seite hilft auch diese Übung dem Mann, länger durchzuhalten, aber auch hier wechseln sich verschiedene Empfindungen ab, sodass sich seine Erregung langsam und gründlich immer weiter aufbaut.

Die Reaktionen der Männer darauf sind gemischt. Ich kenne Männer, die die Übung nicht mochten, weil man dabei so genau mitzählen muss. Bei anderen dagegen führte es zu viel stärkeren Orgasmen als sonst.

Sex-Geheimnisse

»Tiefes Ruhen« ist eine Technik zur Steigerung der Empfindungen. Er stößt tief in Ihnen. Sie halten kurz inne und ziehen seine Pobacken an sich. Dadurch kann er sich ganz seinen Empfindungen hingeben, während Sie ebenfalls sehr intensive Momente erfahren.

Stärkere Orgasmen

Diese Übungen sind ein Bestandteil des tantrischen Sex. Beide Geschlechter können dadurch ihre Orgasmen in die Länge ziehen, sodass diese anhaltender und sehr viel stärker werden. Sie benötigen nur wenige Übungssessions, um die Dauer Ihres Höhepunkts erheblich zu verlängern. Erfahrungsgemäß können die Orgasmen zu Beginn des Trainings etwas weniger intensiv als sonst sein.

MIT **MUSKELTRAINING** DIE **GEFÜHLE STEIGERN**

1 Als Erstes masturbiert der Mann bis zum Orgasmus und zählt die Kontraktionen, sobald die Ejakulation einsetzt. Das Ergebnis dient dann als Vergleichszahl.

2 Beim nächsten Mal masturbiert er wieder bis zum Orgasmus, spannt aber beim Ejakulieren die Muskeln am Penis so an, wie er es tut, wenn er den Harnfluss zurückhalten will.

3 Er masturbiert langsam weiter, während er kontinuierlich die Muskeln zusammenpresst, und spürt seinen Orgasmus und die Muskelspannung. Wenn er bei dieser neuen Erfahrung irgendwann wieder die Kontraktionen mitzählen kann, wird er feststellen, dass es mehr geworden sind und immer mehr werden, je mehr er übt.

Tipp Machen Sie diese Übung regelmäßig beim Masturbieren, dadurch trainieren Sie auch Ihre Muskelkraft im Beckenboden und erleben intensivere Orgasmen beim Geschlechtsverkehr.

DEN **HÖHEPUNKT** BEIDER PARTNER **INTENSIVIEREN**

Beim Geschlechtsverkehr können Sie eine ähnliche Technik einsetzen. Bringen Sie sich auf eine beliebige Weise zu dem Punkt, an dem der Orgasmus unmittelbar bevorsteht (ganz langsamer Sex eignet sich am besten). Beim Orgasmus spannt der Mann seine Penismuskeln und die Frau ihre Scheidenmuskeln an; dabei verlangsamen beide ihre Stoßbewegungen ganz erheblich. Wenn Sie das gut beherrschen, kann die sexuelle Erfahrung so überwältigend werden, dass Sie kaum mehr sagen können, wann der Orgasmus beginnt und aufhört.

INTENSIVIEREN SIE IHRE ORGASMEN

Vor dreißig Jahren leitete ich den ersten Sexworkshop für Frauen in Großbritannien. Den Stoff, den ich vermittelte, hatte ich von Kolleginnen in Amerika gelernt. Schon bald entdeckte ich, dass jeder Kurs seinen eigenen Charakter hatte. Wenn ich eine Diskussionsgrundlage lieferte, konnten die Frauen selbst entscheiden, was genau sie herausfinden wollten. Seitdem ermutige ich die Teilnehmerinnen immer, sich dabei auch gegenseitig zu unterstützen.

“ Die Blüte des Orgasmus ist eine mentale Übung, um den weiblichen Höhepunkt zu steigern. ”

DIE BLÜTE DES ORGASMUS

In einem bestimmten Kurs waren die Teilnehmerinnen sehr schnell von Begriff; sie begnügten sich nicht mit der Entdeckung, wie man überhaupt zum ersten Mal zum Höhepunkt kommen kann, sondern wollten auch möglichst gute und starke Orgasmen erleben. Ein einfacher Höhepunkt reichte ihnen nicht, sie wollten die besten Orgasmen, die Frauen je erlebt hatten. Sie tauschten ihre Erfahrungen aus und erfanden ganz außergewöhnliche Verfeinerungen und Variationen, darunter die Blüte des Orgasmus.

Das ist eine mentale Übung, die nicht nur das Vorstellungsvermögen schult, sondern auch den Orgasmus verstärkt und erweitert. Sie ist nur für Frauen geeignet. Auf dem Höhepunkt der Erregung stellt sich die Frau vor, wie die Empfindsamkeit ihrer Genitalien sich »wie Blütenblätter im Sonnenschein« öffnet. Dadurch kann die Frau ihre sexuelle Erregung bis zum Äußersten steigern, bevor sie den Orgasmus erlebt. Setzt sie die Visualisierung beim Orgasmus fort, so erlebt sie ihn tiefer und länger.

Tipp Es ist möglich, einen Punkt zu erreichen, an dem man die Intensität des Orgasmus willentlich beeinflusst. Wenn Sie die Übung beim Geschlechtsverkehr machen, können sich Ihre erotischen Empfindungen verstärken.

EINE PERSÖNLICHE ANMERKUNG

Als ich davon hörte, war ich so beeindruckt, dass ich es selbst ausprobierte – es klappt! Der Geist wird davon abgelenkt, nur dem Orgasmus entgegenzufiebern, der sich ganz von selbst einstellen kann. Doch sobald Sie sich wieder auf Ihren Höhepunkt konzentrieren, geht ein Teil der lustvollen Erfahrung verloren.

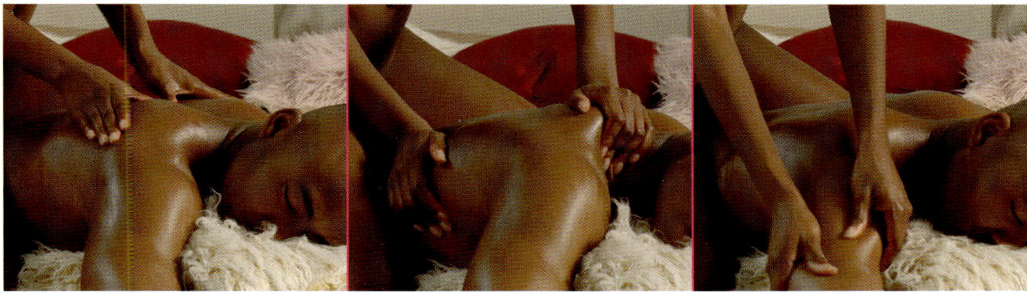

Den Orgasmus überall spüren

Die bekannten Sexualforscher Masters und Johnson (siehe Seite 219) betrieben 1979 faszinierende Studien zur Homosexualität. Sie entdeckten, dass schwule Männer den Partner häufig erst für längere Zeit am ganzen Körper liebkosten, bevor sie einen Orgasmus anpeilten. Die Folge dieses sinnlichen Spannungsaufbaus waren längere und stärkere Höhepunkte, als normalerweise bei heterosexuellen Paaren festzustellen waren. Es lohnt sich, diese Ergebnisse zur Kenntnis zu nehmen.

GANZKÖRPER-ORGASMEN

Bei so einem »ganzheitlichen« Höhepunkt kann man den Orgasmus im ganzen Körper erfahren, nicht nur in den Genitalien. Manchen Frauen gelingt das spontan, aber Männern fällt es eher schwer. Sie erreichen den Ganzkörper-Orgasmus, indem Sie die Genitalien stimulieren, bis der andere kurz vor dem Höhepunkt ist, und dann dazu übergehen, wieder den restlichen Körper zu liebkosen. Dazu passt die Beobachtung von Masters und Johnson, dass eine vorherige Ganzkörpermassage die Empfindungen beim Höhepunkt unglaublich steigern kann.

> „Ziehen Sie die Erregung Ihres Partners in die Länge, denn je erregter er wird, desto intensiver ist der Höhepunkt am Ende.“

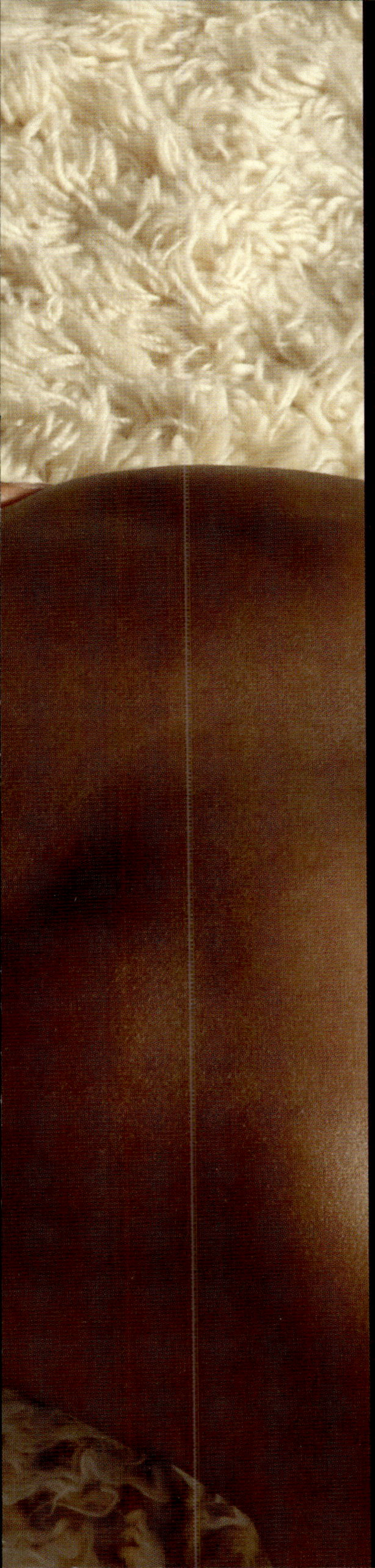

KAPITEL 10

Massage-Geheimnisse

Durch Hautkontakt hebt sich unsere Stimmung. Eine liebevolle Berührung erinnert uns daran, wie beschützt wir im Mutterleib waren oder wie unsere Eltern uns gestreichelt haben. Kein Wunder, dass wir uns so nach körperlicher Nähe sehnen, wenn wir uns in späteren Jahren nicht mehr so frei an andere Menschen schmiegen können. Die Massage-Geheimnisse in diesem Abschnitt schaffen Abhilfe, denn sie ermutigen Sie und Ihren Partner, Ihre körperliche Liebe dem anderen auch nachhaltig zu zeigen.

Mit dem Besten anfangen

Man braucht gar nicht unbedingt großartig verliebt zu sein, um den köstlichen Genuss massierender Berührungen zu entdecken. Bei meiner Massageausbildung fand ich heraus, dass man die herzlichste Freundschaft und Zuneigung für einen völlig Fremden entwickeln kann, sobald man ihn massiert. Auch nach dreißig Jahren bin ich noch mit einigen anderen Kursteilnehmern eng verbunden, weil wir ein tiefes inneres Wissen miteinander teilten.

DIE BESTEN **MASSAGEGRIFFE**

Eine Massage ist immer ein Erlebnis, bei dem man sich öffnet – man wird sich seines Körpers bewusst und liefert sich aus. Dafür ist ein tiefes Vertrauen nötig; das ist die Basis einer jeden guten Beziehung, sei es zu einem Freund, einem Liebespartner, den Eltern oder jemandem, der einen massiert.

Ich habe hier für Sie die besten Basistechniken ausgesucht. Diese Griffe und Striche sensibilisieren den Körper, entspannen und fördern das Vertrauen. Sobald man zum Körper Zugang hat, öffnet sich auch der Geist.

Schon allein mit dem »Kreisen« können Sie eine wundervolle Ganzkörpermassage durchführen; wandern Sie von den Schultern bis zum Po und wieder zurück. Das »Kneten« ist eine weitere gute Grundtechnik, besonders um die tieferen Muskelschichten des unteren Rückens, des Pos und der Hüften zu erreichen. Oder Sie beginnen an einer Pobacke mit den »Daumen«, gehen am Rücken nach oben und wechseln dann zur anderen Seite. Ihr Partner fühlt sich richtig »bearbeitet« und ist danach bestimmt bereit für weitere Aktivitäten. Die »Federmassage« schließlich ist verspielt und sexy; am besten fühlt sie sich nach dem Hauptteil der Massage an.

Tipp Variieren Sie die Massage, indem Sie mit wechselndem Druck vorgehen. Sie können zum Beispiel mit eher festem Druck beginnen, dann zu leichterem Druck übergehen und am Schluss nur noch ganz leicht mit den Fingerspitzen massieren; das kann sich hocherotisch anfühlen.

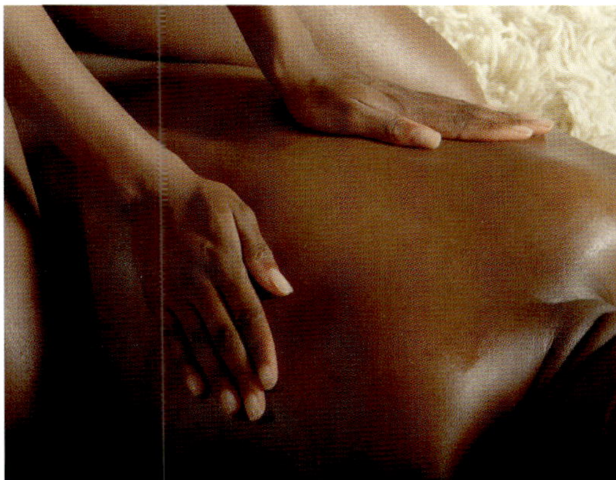

1 Kreisen Legen Sie die Hände flach auf seinen Rücken und bewegen Sie sie in kleinen Kreisen auseinander. Kreisen Sie mehrmals auf diese Weise.

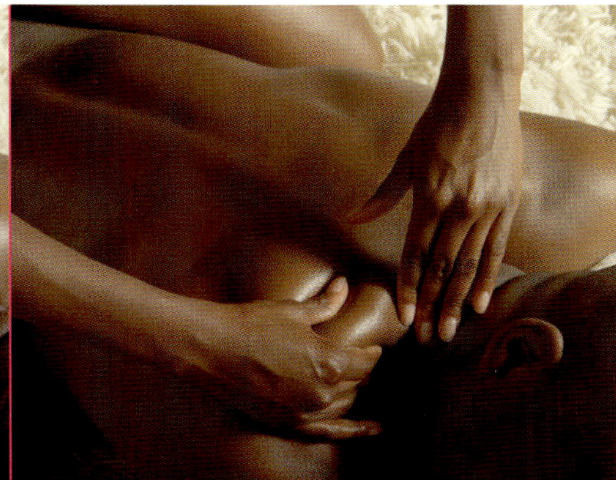

2 Kneten Drücken Sie mit den Daumen und Zeigefingern beider Hände gleichzeitig rhythmisch die Haut durch, als ob Sie Teigrollen kneten würden.

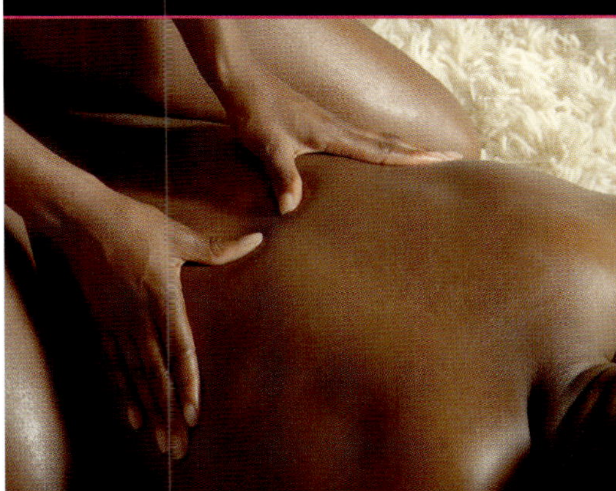

3 Die Daumen Machen Sie mit beiden Daumen abwechselnd kurze, schnelle Striche, entweder kreisförmig oder indem Sie die Haut immer einige Zentimeter nach oben drücken.

4 Federmassage Lassen Sie die Fingerspitzen beider Hände ganz leicht in Kreisen über seinen Körper oder in Kaskaden von oben nach unten wandern. Es soll aber nicht kitzeln.

VORBEREITUNGEN

- **Schaffen Sie** eine angenehme, wohlige Atmosphäre.
- **Seinen nackten,** sauberen Körper massieren Sie am besten langsam und lustvoll.
- **Schließen Sie** die Tür ab.
- **Eine Massageliege** ist ideal, aber Sie können auch auf einigen übereinander gelegten Handtüchern auf dem Boden arbeiten. (Matratzen sind zu weich.)
- **Massieren Sie** nur bei Kerzenschein, wenn Sie dabei noch genug sehen.
- **Der Raum** muss warm und zugfrei sein.
- **Bei gepflegten,** warmen Händen entspannt man sich leichter.
- **Erwärmen Sie** das Öl erst in der Hand; gießen Sie es nie direkt auf die Haut.
- **Bleiben Sie** offen und fragen Sie öfters nach, wie Ihre Massage ankommt.

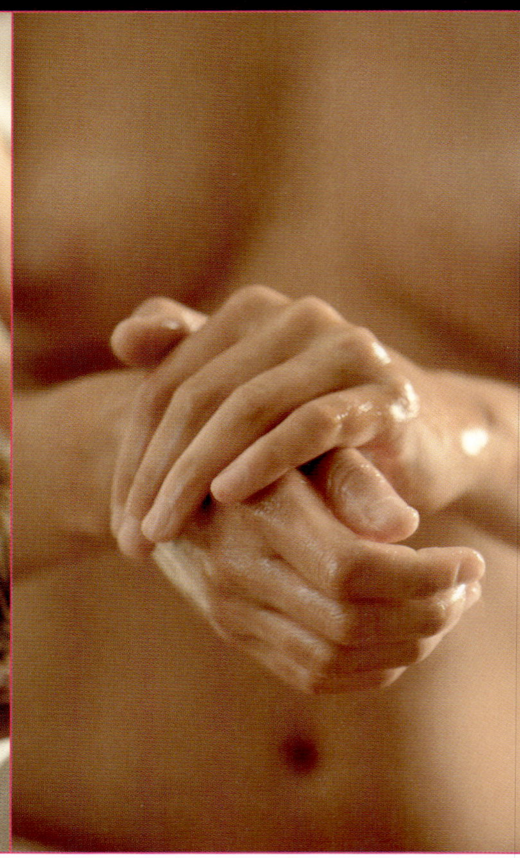

Die männlichen Muskeln

Die Haut meines langjährigen Partners lässt sich wunderbar leicht verschieben. Er kann sich bei einer Massage total entspannen, und für meine Hände fühlt es sich an, als ob sie direkt tiefe Lustzonen erreichen. Doch geht das nicht bei allen Männern so leicht, denn manche haben eine feste Haut, die sich kaum von der Stelle bewegen lässt. Mit ein wenig Geduld und Ausdauer kann man die muskuläre Abwehrspannung, die dahinter steckt, aber durchaus beseitigen.

DER **MUSKELPANZER**

Eine Erklärung für die muskuläre Abwehrspannung lieferte Wilhelm Reich, ein Schüler Sigmund Freuds, Mitte des letzten Jahrhunderts. Er entwickelte das Konzept des Körperpanzers. Dieses besagt, dass manche Menschen dauerhaft angespannt sind und unter Stress stehen; ihr Körper ist ständig bereit zur Angriffs- oder Fluchtreaktion. Seiner Meinung nach versuchten sie unbewusst, sich so vor ihrer Angst einflößenden Umwelt zu schützen.

Es kann recht schwierig sein, solche Menschen zu massieren, und manchmal sind dafür bestimmte tiefenwirksame Techniken nötig, die man lieber den Fachleuten überlässt. Ist Ihr Partner aber einfach nur angespannt, dann arbeiten Sie am besten mit kräftigem Druck, damit er Ihre Griffe gut spüren kann. Und je liebevoller Sie ihn massieren, desto eher kann er sich entspannen. Seien Sie aber nicht niedergeschlagen, falls er nur spezielle »Penistechniken« zu schätzen weiß; freuen Sie sich, dass er wenigstens dort schöne Empfindungen genießen kann.

“ VERSPANNTE MUSKELN BEEINTRÄCHTIGEN DAS EMPFINDUNGSVERMÖGEN; DAS KÖNNTE EIN GRUND SEIN, WESHALB SICH BEI MANCHEN MÄNNERN ALL IHRE SINNLICHKEIT IM PENIS KONZENTRIERT – ER IST SCHLIESSLICH NICHT IN EINEN KÖRPERPANZER EINGESPERRT. ”

Spezialtechniken

Manche Menschen haben nur Lust auf Sex, wenn ihre Haut stimuliert wird; andere dagegen werden von einem Anblick oder Gedanken erregt, was wiederum ihren Körper sensibler auf Berührungen reagieren lässt. In beiden Fällen sind folgende Massagetechniken von unschätzbarem Wert.

VIER **TECHNIKEN**

- **An der Wirbelsäule** Legen Sie Ihre Daumen in die Rinnen rechts und links von den Lendenwirbeln. Drücken Sie sie nach unten (aber nie direkt auf die Wirbelsäule), so weit es geht. Stützen Sie sich dann so auf die Daumen, dass Ihr Gewicht sie von Ihnen weg bis hoch zum Kopf schiebt.
- **In der Höhle** Legen Sie einen Arm Ihres Partners auf seinen Rücken und schieben Sie ihn nach oben, damit sich das Schulterblatt hebt. Drücken Sie mit dem Daumen Ihrer anderen Hand in die entstandene Höhlung unter dem Schulterblatt-

Tipp Wenn sich die Haut Ihres Partners rötet, haben Sie die Stelle vielleicht zu stark behandelt. Rötungen zeigen immer an, dass Sie die Stelle wechseln müssen.

An der Wirbelsäule

In der Höhle

rand und wandern Sie nach außen zur Achselhöhle. Nach drei, vier Wiederholungen gehen Sie zum anderen Arm über.

- **Das Gleiten** Dies ist mein Favorit unter den Techniken, bei denen man sich mit seinem Gewicht auf die Hände lehnt, bis sie auf seinem Rücken in die beabsichtigte Richtung gleiten. Sie sitzen auf seinen Oberschenkeln und legen Ihre Hände flach auf das untere Ende seiner Pobacken; die Finger zeigen zum Kopf. Beugen Sie sich vor, bis ihr Gewicht Ihre Hände über seinen eingeölten Rücken nach oben gleiten lässt. Erst gleiten sie langsam, dann schneller. In Höhe der Schultern nehmen Sie das Gewicht wieder weg und bewegen die Hände langsam wieder zurück nach unten. Drücken Sie niemals fest auf knochige Stellen!
- **Die Raupe** Sie sitzen neben Ihrem Partner und legen eine Hand auf das untere Ende der Wirbelsäule, die Finger zeigen zum Kopf. Legen Sie die andere Hand über die erste und bewegen Sie die Hände auf Fingern und Handballen Stück für Stück wie eine Raupe; die untere Hand bestimmt das Tempo. Mit dieser Vorwärts-rückwärts-Bewegung wandern Sie die Wirbelsäule entlang bis ganz nach oben zum Kopf. Arbeiten Sie aber auf jeden Fall nur mit leichtem Druck!

Sex-Geheimnisse Die Haut kann man als das größte Sexualorgan des Menschen ansehen. Es liegen Tausende Nervenenden darin und darunter, die bei Berührungen Reize ans Gehirn schicken. Nur durch diese Nervenverbindungen zwischen Haut und Gehirn werden wir überhaupt angetörnt.

Das Gleiten

Die Raupe

ÜBERGÄNGE

Diese Techniken sind ein exzellenter Übergang zur erotischen Massage. Sie verbinden erogene Zonen am oberen und unteren Ende des Körpers und können, wenn sie kunstvoll eingesetzt werden, eine starke erotische Spannung aufbauen.

- **Massieren Sie** mit einer Hand den Oberkörper, mit der anderen den Unterleib.
- **Verbinden Sie** massierend Ohren und Pobacken.
- **Und die Brust** mit den Schenkelinnenseiten.
- **Verbinden Sie** durch die Massage auch den Nacken, die Kniekehlen, Achselhöhlen, Handflächen und Fußsohlen miteinander.

VERBINDUNGSTECHNIKEN

Wenn Sie Ihren Partner in ein Stadium sehnsüchtiger Vorfreude gestreichelt haben, ist es Zeit, seinen ganzen Körper einzubeziehen und zur sensibelsten Zone von allen vorzudringen. Verbinden Sie bewusst alle feinnervigen Stellen seines Körpers mit den Genitalien. Dadurch wandert ein Teil der prickelnden Erregung von den entlegeneren Zonen direkt zum Penis und den Hoden hin.

Brust und Genitalien Massieren Sie mit der Linken seine Brust und die Brustwarzen mit kreisenden Bewegungen, während die Rechte zur den Genitalien hinunterwandert und am Penis auf und ab kreist. Geht die Linke auf die eine Seite der Brust, wandert die Rechte am Penis auf die gleiche Seite. Versuchen Sie, die Griffe der einen Hand mit der anderen zu spiegeln.

Finger und Zehen Massieren Sie die Handfläche Ihres Partners mit einer Hand, während die andere massierend nach unten wandert und die Peniswurzel umkreist. Als Nächstes massieren Sie eine Fußsohle, und die andere Hand bewegt sich am Bein entlang nach oben, bis Sie Fußsohle und Genitalien gleichzeitig sanft bearbeiten. Wiederholen Sie alles auf der anderen Seite des Körpers. Massagegriffe am großen Zeh sind besonders erregend (siehe rechte Seite).

Die Penismassage Legen Sie die Fingerspitzen der Zeigefinger auf den Damm (siehe Seite 82f.). Gleiten Sie mit den Fingern rechts und links am Hodensack vorbei nach vorn zur Peniswurzel, dann um den Penis herum und auf der Penisoberseite (die beim erigierten Penis zum Bauch hinzeigt) nach oben. Dann über die Eichel und auf der anderen Seite hinunter, die Finger sind dabei nicht mehr ganz eng zusammen. Unten geht es wieder rechts und links um den Hodensack bis zum Damm. Wiederholen Sie alles mehrmals in fließenden Bewegungen.

> „MASSAGEN SIND EINE GROSSARTIGE MÖGLICHKEIT, UNSERE KÖRPERLICHE LIEBE AUSZUDRÜCKEN – KEIN WUNDER, DASS WIR SO GIERIG DANACH SIND, VON UNSEREN LIEBSTEN LIEBKOST UND IN DEN ARMEN GEHALTEN ZU WERDEN."

Tipp Es ist günstig, diese Verbindungstechniken während Ihrer Ganzkörpermassage schon anzudeuten; eine Hand streift etwa »zufällig« über seine Genitalien, wenn Sie seine Beine massieren. So sehnt sich sein Körper schon nach der erotischen Aufmerksamkeit, die Sie ihm jetzt schenken.

- **Massieren Sie** leicht seine Handfläche, während Sie mit Ihrer anderen Hand gleichzeitig die Genitalien liebkosen.

- **Massieren Sie** einen Fuß und gleichzeitig die Genitalien. Dann gehen Sie zum anderen Fuß über.

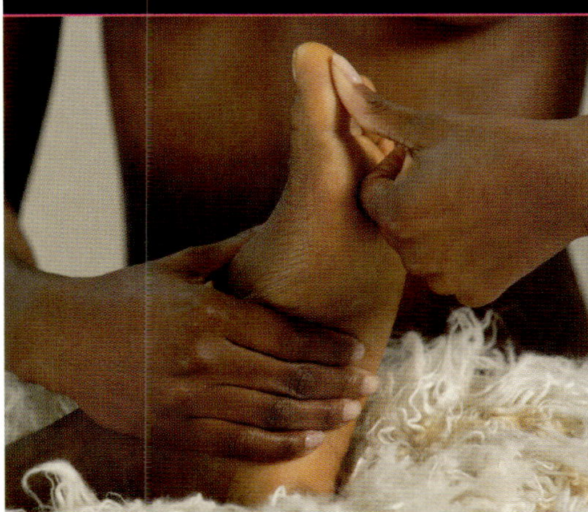

- **Umkreisen Sie** mit der ganzen Hand seinen großen Zeh; dann massieren Sie die Unterseite mit leichten Berührungen.

- **Gleiten Sie** mit eingeölten Fingern zwischen seine Zehen; die Finger der anderen Hand wandern sanft um die Hoden.

Zu guter Letzt

Manche Massagen münden in leidenschaftliche Sex-Sessions, weil Sie sie bereits darauf ausgerichtet haben. Doch so wie es köstlich sein kann, sich vor einer Genitalmassage zuerst einmal dem restlichen Körper zu widmen, kann es auch wohltuend sein, sich einmal überhaupt nur auf die Berührungen zu konzentrieren und einzulassen – und Sex und Erotik außen vor zu lassen.

DIE »DREIHÄNDIGE« MASSAGE

Wenn Sie von der Massage so erregt sind, dass Sie kaum erwarten können, sich auf Ihren Partner zu schwingen, ist dies der ultimative Übergang von der Massage zum Sex: Sie massieren ihn dabei mit beiden Händen und gleichzeitig massiert Ihre Scheide den Penis. Die ganze Massage vom anfänglichen Hautkontakt bis zum »dreihändigen« Teil soll eine opulente Erfahrung ineinander übergehender Berührungen sein.

Tipp Nach dem Energieausstreichen fühle ich mich immer entspannt und wohlig. Man kann förmlich spüren, wie der Körper leichter wird, wenn diese Energieschicht beseitigt ist.

DIE ENERGIE AUSSTREICHEN

Manchmal ist ein Orgasmus am Ende einer Massage nicht erwünscht. Dann hat man das Problem, die aufgestaute sexuelle Energie auf andere Weise loszuwerden. Dies ist eine gute Möglichkeit, eine Massage ohne Sex abzuschließen: Halten Sie Ihre Hände (mit den Handflächen nach unten) 2–3 cm über den Körper Ihres Partners. Stellen Sie sich vor, die Energie würde von seiner Haut in großen Wirbeln aufsteigen; Sie können diese Energie vielleicht als Wärme spüren. Streichen Sie mit den Händen die Energie in der Luft aus, also von der Körpermitte die Glieder entlang und durch die Finger, Zehen und den Kopf nach außen.

“Sie sollten die sexuelle Energie abbauen, wenn Ihre sinnliche Massage nicht zum Sex führt.”

KAPITEL 11

Sexy shoppen

Heute ist es normal, wenn Frauen erotisches Spielzeug kaufen; bei Männern ist das schon seit vielen Jahren so. Frauen wissen zwar meist recht genau, was sie für sich selbst kaufen möchten. Sie sind aber manchmal unsicher, was ein gutes Sexspielzeug für einen Mann ausmacht. In diesem Kapitel werden die besten Spielzeuge für Männer und Paare entmystifiziert. Sie finden Sachen, die Männer antörnen und Ihnen selbst bestimmt auch Spaß machen.

Die besten Sexspielzeuge

Es gibt Hunderte Spielzeuge für Männer, die ihre Sexualität alleine genießen wollen, aber hier stelle ich Ihnen einige Sachen vor, die Ihrem Partner Vergnügen bereiten, während Sie Sex miteinander haben. Viele dieser Sexspielzeuge haben besondere Vorrichtungen, die auch Ihnen zusätzlichen Genuss bescheren können, nicht nur Ihrem Liebhaber.

DIE **EROTISCHE EVOLUTION**

In den letzten Jahren hat sich die Qualität von Sexspielzeug stark verbessert, aber einige Grundformen sind seit Jahrhunderten gleich geblieben. Schon im alten Griechenland benützten Frauen Sexspielzeug; bei den Römern nahmen die Männer Dildos zu Hilfe, wenn sie unter Impotenz litten. Und in der verklemmten viktorianischen Ära erlebte die Sexspielzeugproduktion von Gummidildos und Klitorisstimulatoren einen großen Aufschwung.

PENISRINGE

Das Spektrum reicht von Gummiringen mit abstehenden Zacken und Noppen, die man über den Penis streift, bis zu Ligaturen für Penis und Hodensack. Der Mann kann einen Ring bis über die Peniswurzel streifen oder einen größeren Ring anbringen, der den Hodensack mit umschließt. Die Noppenteile unterstützen den Penis dabei, die Erektion zu halten, während die abstehenden Teile sich für die Frau gut anfühlen. Mit einer Ligatur, deren Umfang verstellbar ist, können Sie den Blutabfluss aus dem Penis reduzieren. Falls Ihr Partner aufgrund von Venenproblemen Schwierigkeiten hat, eine Erektion zu halten, ist das das Mittel der Wahl. Und eine normale Erektion wird dadurch noch stärker. Es gibt auch weiche, sehr dehnbare Silikonringe, die auf jeden Penis passen.

Tipp Länger als 20 Minuten sollte Ihr Partner kein abschnürendes Spielzeug tragen. Es muss sofort abgenommen werden, wenn Schmerzen auftreten. Penisringe sind außerdem tabu für Männer mit Durchblutungsstörungen, Diabetes, Nervenschäden und wenn sie gerinnungshemmende oder blutverdünnende Mittel, zum Beispiel Aspirin, einnehmen.

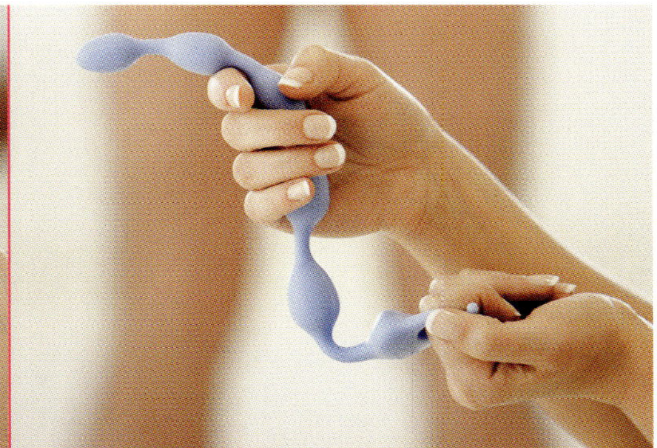

ANALVIBRATOREN

Diese speziellen Vibratoren sind völlig ungefährlich. Beim Masturbieren und beim Vorspiel sind sie für beide Geschlechter geeignet und lösen köstliche Wellen der Lust im Becken aus. Als Vorbereitung für den Analverkehr bieten sie den Vorteil, dass die Schließmuskeln vor der Penetration gedehnt und entspannt werden.

ANAL-BEADS

Vielleicht finden Sie und Ihr Partner diese »Perlenketten« weniger einschüchternd als die Vibratoren und Stöpsel und möchten sie ausprobieren, wenn Sie die anale Stimulation gerade erst für sich entdeckt haben. Wenn Sie sie im rechten Moment, also während seines Orgasmus, schnell aus seinem Anus herausziehen, kann er den Höhepunkt noch intensiver erleben.

“ DER ALLERERSTE DAMPFBETRIEBENE VIBRATOR WURDE 1869 VON EINEM FANTASIEVOLLEN AMERIKANER ERFUNDEN. ”

MEINE ERSTE WAHL

Von links nach rechts:

- **Zwei Analvibratoren** – sie ähneln Vaginalvibratoren, sind aber kleiner und haben Ausstülpungen, die ein vollständiges Eindringen verhindern. Bei einem befinden sich die Batterien in einem separaten Bedienungsteil.
- **Anal-Beads** – eine biegsame »Perlenkette«, die den sensiblen Anus stimuliert, wenn sie eingeführt und (besonders während des Orgasmus) wieder herausgezogen wird.
- **Zwei Analstöpsel** – Dildos für seinen und Ihren Anus; sie sorgen für besondere Stimulation während des Liebesspiels

oder der Masturbation. Einer ist gekrümmt, um den P-Punkt zu erreichen, und beide haben zur Sicherheit einen breiten Griff.

- **Penisring** – ein weicher Ring mit Zacken, der an der Peniswurzel getragen wird und die Erektion stärkt, während er Ihre Klitoris stimuliert.
- **Zwei vibrierende Penisringe** – batteriebetriebene Vibratoren, die bei Liebesstellungen von vorne Ihre Klitoris stimulieren. Beide Partner spüren die Vibrationen sehr intensiv. Für Frauen, die nicht so leicht zum Orgasmus kommen, lohnt sich ein Versuch mit einem derartigen Spielzeug unbedingt.

Spielzeug für zwei

Man hat den Eindruck, dass die Sexspielzeuge von heute schon sehr ausgereift sind; doch erst Ende des letzten Jahrhunderts entwickelten die Hersteller spezielle Geräte und Hilfsmittel für Paare, die sie gemeinsam benützen wollen. Ohne Peinlichkeit können sie von beiden Geschlechtern eingesetzt werden, deshalb erobern sie sich bereits eine eigene Marktnische.

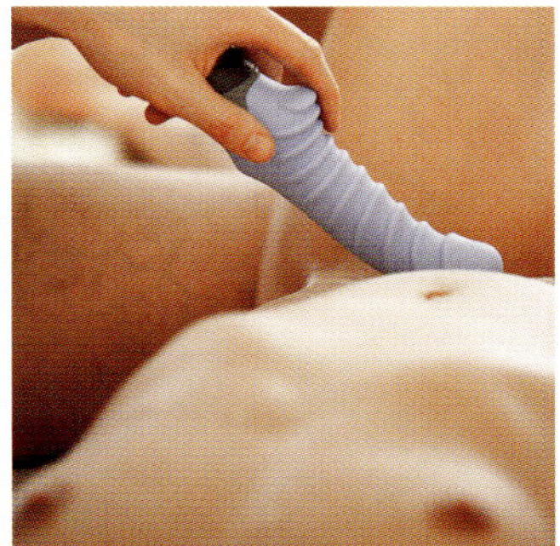

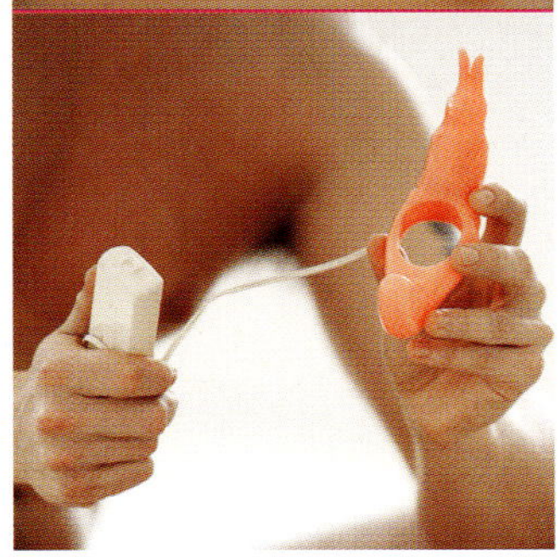

DOPPELVIBRATOREN FÜR DOPPELTE LUST

Diese Spielzeuge sind nicht für den Einsatz beim Geschlechtsverkehr gedacht, sondern sie dienen der gegenseitigen Stimulation. Sie bestehen aus zwei Vibratoren, einem penisförmigen für ihre Scheide und einem zweiten, kleineren, der leicht gekrümmt ist, für die anale Stimulation des Mannes (die Krümmung soll dafür sorgen, dass der P-Punkt erreicht wird). Beide Vibratoren hängen zusammen und sind batteriebetrieben. Manche haben die Batterien in einem separaten Bedienungsteil, andere nur eine Batterie im größeren Vibrator. Meist ist die Geschwindigkeit regelbar, sodass Sie die unterschiedlichsten Empfindungen hervorrufen können.

DREI-IN-EINEM-VIBRATOREN

Diese Latexteile streift sich der Mann über den Penis; das obere Ende (das wie Hasenohren geformt ist) stimuliert beim Sex die Klitoris und das untere Ende drängt sich in Ihren Anus. Die Batterie befindet sich in einer separaten Bedienungseinheit, und wenn diese eingeschaltet wird, vibriert der ganze Apparat und erregt Penis, Klitoris und Anus gleichzeitig.

SILIKONVIBRATOREN

Dieses hautfreundliche Material ist ungiftig, nimmt keine Aromen an und hält ewig. Technisch ausgefeilte Vibratoren aus Silikon gehören zu den modernsten Erfindungen auf dem Markt der Sexspielzeuge. Ältere Exemplare – besonders wenn sie aus zweifelhaften Quellen stammen – können dagegen sogar schädliche Substanzen an die Haut abgeben. Vergewissern Sie sich also, dass die Qualität stimmt, bevor Sie einen Vibrator kaufen. Vibratoren aus Silikon können äußerst naturnah gestaltet sein. Die aktuellsten Modelle dieses zeitlosen Spielzeugs duften sogar leicht und sind darauf ausgerichtet, auch Ihren G-Punkt zu stimulieren.

Tipp Führen Sie auf keinen Fall einen Vibrator, den Sie anal eingesetzt haben, in die Vagina ein, ohne ihn vorher gründlich zu reinigen. Auch nach gemeinsamer Benutzung sollten Sie ihn säubern. In einer festen Beziehung, in der Sie auch ungeschützten Sex haben, können Sie auch Doppelvibratoren gemeinsam benützen, sofern Sie die Hygiene nicht vernachlässigen.

SPIELZEUGSAMMLUNG

Von links nach rechts:

- **Zwei Silikonvibratoren** – Sie halten sehr lange und sind garantiert ungiftig und aromafest. Zudem sind diese Vibratoren sehr leicht und wasserfest: Sie können sie also auch unter der Dusche oder in der Badewanne verwenden.
- **Drei-in-einem-Vibrator** – stülpen Sie ihn vor dem Sex über den Penis, dann stimulieren die »Hasenöhrchen« Ihre Klitoris und der Knubbel vibriert in Ihrem Anus.
- **Doppelvibratoren** – der größere Vibrator ist für Ihre Scheide, der kleinere für den P-Punkt Ihres Partners gedacht. Diese Vibratoren setzt man allerdings

nicht beim Sex ein, sondern zur gegenseitigen Stimulation.

- **Silikonkugeln** – die aktuelle Variante eines Klassikers. Sie führen die Kugeln in die Scheide ein, wo sie Ihnen mit oder ohne Geschlechtsverkehr Genuss bereiten. Sie können sie in der Scheide zusammenpressen und so Ihre Muskeln trainieren, wovon wiederum Ihr Partner profitieren wird.
- **Doppeldildos** – sie sind so flexibel, dass man beim Einsatz jedes Ende in alle Richtungen biegen kann. Führen Sie das kürzere Ende in Ihre Scheide ein und machen Sie mit dem anderen, worauf Sie Lust haben.

Seine Leistung verbessern

Es kann vorkommen, dass Ihr Partner beim Liebesspiel etwas Unterstützung benötigt. Glücklicherweise gibt es einige Hilfsmittel, mit denen sich seine Leistungskraft verbessern lässt und beide Partner zufrieden gestellt werden – wichtig ist dabei auch, dass sich der Mann dabei nicht unzulänglich fühlt, wie es bei früheren Gerätschaften öfters der Fall war. Vielleicht möchte Ihr Partner auch eine besonders witzige Penishülle zu Ihrem Vergnügen anlegen.

TREFFEN SIE IHRE **WAHL**

- **Verlängerungen/Hüllen** Transparente Hüllen mit Noppen verlängern den Penis um 6–8 cm. Es sind auch hautfarbene erhältlich, die zwar auch nicht lebensechter aussehen, aber den Penis ebenfalls verlängern und sogar für den richtigen Sitz zurechtgeschnitten werden können.
- **Essbares Gleitgel** Sie bekommen es in kleinen Gelatinekapseln; wenn Sie diese zerbeißen, strömt das aromatische Gel in Ihren Mund. Sie sind speziell für den Oralsex gedacht. Beißen Sie auf eine Kapsel, unmittelbar bevor Sie den Penis Ihres Partners in den Mund nehmen, dann bescheren Sie ihm himmlische Empfindungen. Es gibt auch Gel mit Schokogeschmack, das Sie Ihrem Partner vom Körper lecken können. Achten Sie darauf, alle Gleitmittel erst etwas anzuwärmen, sonst sind sie alles andere als antörnend.
- **Witzige Gleitmittel** Verteilen Sie es in Ihrer Lieblingsgeschmacksrichtung auf dem Körper Ihres Liebsten. Es gibt eine Palette von Aromen – von Mango über Apfel bis Heidelbeere. Schon die Flaschen leuchten in allen Regenbogenfarben. Diese Gleitmittel sind völlig ungefährlich und sogar zuckerfrei!

Tipp Fürchten Sie nicht, mit Ihnen könne etwas nicht stimmen, falls Ihre Scheide zu trocken ist und Sie nicht genügend Vaginalsäfte produzieren. Überlegen Sie zuerst einmal, was sich in Ihrer Partnerschaft tut, bevor Sie den Fehler bei sich suchen. Wenn Sie nicht richtig erregt sind oder nicht ausreichend stimuliert werden, brauchen Sie statt Gleitgel vielleicht mehr Aufmerksamkeit und Streicheleinheiten von Ihrem Partner.

- **Naturnahe Gleitmittel** Wenn Sie sich – aus welchen Gründen auch immer – beim Geschlechtsverkehr etwas mehr Feuchtigkeit wünschen, so steht Ihnen auch eine reiche Auswahl an »naturnahen« Gleitmitteln zur Verfügung. Manche ähneln tatsächlich den Scheidensekreten. Es gibt leichtflüssige, die die Sensibilität verstärken, und zähflüssigere, die z.B. für Analverkehr geeignet sind. Manche werden speziell für Frauen in den Wechseljahren produziert.

  Es gibt Gleitmittel auf Öl-, Wasser- und Silikonbasis. Die meisten sind auf Wasserbasis hergestellt, man kann sie leicht auswaschen und problemlos zusammen mit Kondomen einsetzen; sie können jedoch austrocknend wirken. Vergewissern Sie sich, dass das Gleitmittel (besonders jene auf Ölbasis sind gefährlich) latexverträglich ist, wenn Sie es in Kombination mit Sexspielzeug oder Kondomen verwenden wollen!

“ WENN SIE KALTES GLEITGEL VERWENDEN, KANN DAS JEGLICHE LUST ABTÖTEN. WÄRMEN SIE ES IMMER VOR. ”

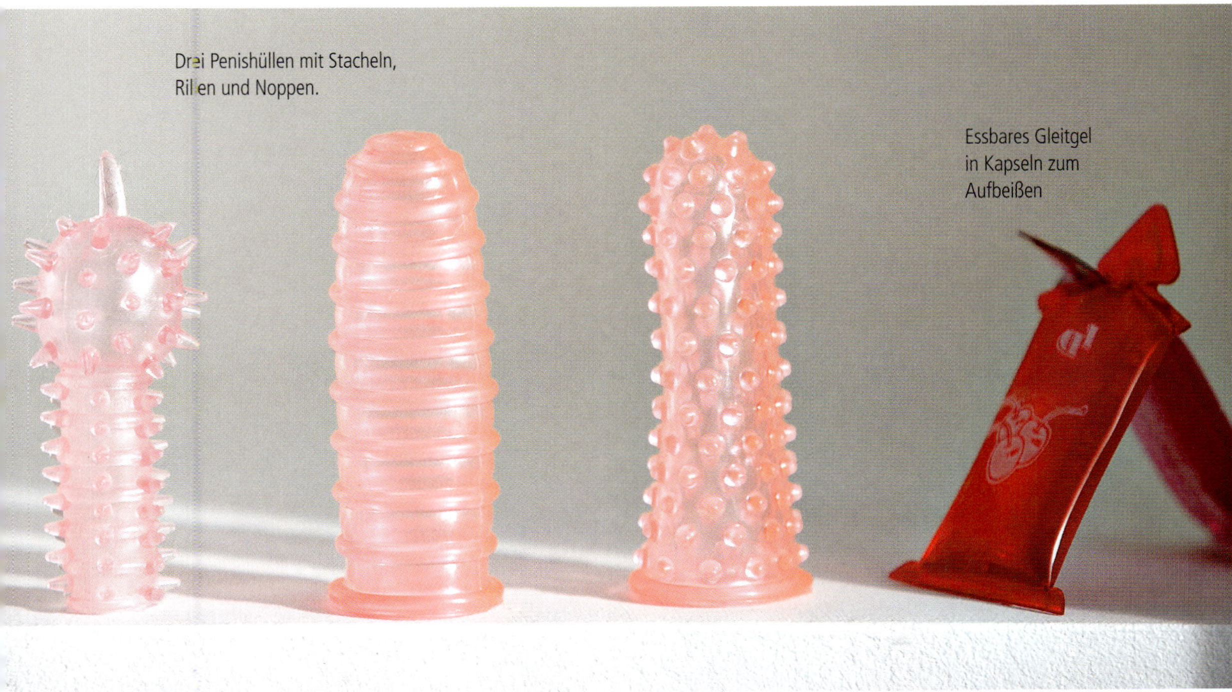

Drei Penishüllen mit Stacheln, Rillen und Noppen.

Essbares Gleitgel in Kapseln zum Aufbeißen

Erotische Bettlektüre

Erotische Bilder und Wörter können sehr erregend sein; deshalb führen viele Sexshops und einschlägige Versandhäuser auch entsprechende Literatur. Die Wirkung von Erotika ist jedoch bei Männern und Frauen durchaus unterschiedlich. Frauen macht mehr an, was sie lesen, Männer mehr das, was sie sehen. Idealerweise sollte erotische Lektüre daher sowohl Bilder als auch Texte enthalten, wenn Sie gemeinsam daran Spaß haben wollen.

BETTLEKTÜRE FÜR SIE BEIDE

Viele erotische Werke sind zeitlos. Die Französin Anaïs Nin schrieb in den Dreißigerjahren des letzten Jahrhunderts erotische Kurzgeschichten für einen reichen Auftraggeber. Ihre Bücher, darunter *Das Delta der Venus* und *Die verborgenen Früchte*, sind nach wie sehr beliebt. Nancy Fridays *Die sexuellen Fantasien der Frauen* fasziniert Frauen seit den 1970er-Jahren. Es handelt sich dabei um eine Sammlung von authentischen weiblichen Sexfantasien. Weitere Titel der gleichen Autorin sind *Verbotene Früchte, Befreiung zur Lust* und *Die sexuellen Fantasien der Männer*. Von Anne-Marie Villefranche sind ebenfalls erotische Klassiker erschienen, darunter *Die Purpurrose. Schamlos schöne Erotik* und *Die Zaubermuschel.*

Männer werden durch aufreizende Fotos richtig auf Touren gebracht. Zu den populären Werken, die Ihnen vielleicht beiden gefallen, gehören *Roy Stuart* von Roy Stuart und *Stripped Naked* von Peter Gorman. Die *Erotic Print Society* (www.eroticprints.org) veröffentlicht ebenfalls erotische Literatur, Kunst und Fotografien. Ein Klassiker ist auch *Crazy Babe,* eine Sammlung erotischer Fotos von Bob Coulter. Weitere Titel finden Sie in der Erotika-Abteilung jeder größeren Buchhandlung bzw. über das Internet.

> “Sexshops, voll von pornografischen Magazinen und Videos, haben Männer immer angezogen. Am meisten Spass haben Sie mit Erotika, die Sie beide antörnt.”

Safer Sex

Wer ein aktives Liebesleben führt, darf das Thema AIDS bzw. Ansteckung mit HIV nicht verdrängen – auch wenn uns die Einschränkung unserer Spontaneität beim Sex zuwider ist und wir das gefürchtete (aber unausweichliche) Gespräch vorher darüber peinlich finden. Hier finden Sie einige Tipps für sicheren Sex ohne großes Getue.

DAS RISIKO MINIMIEREN

Wenn Sie sich aktiv vor HIV und weiteren sexuell übertragbaren Krankheiten schützen wollen, müssen Sie das Thema ansprechen. Leichter fällt Ihnen das, wenn Sie zuvor schon über einfachere Aspekte der Sexualität geredet haben. Reden Sie zunächst über unkompliziertere Themen. Es ist immer gut, als Erstes offen über sich selbst zu sprechen, wenn es um heikle Themen wie HIV geht.

DAS **GESPRÄCH** FÜHREN

Sie können beispielsweise sagen: »Es ist mir sehr unangenehm, diese Frage zu stellen, aber mir liegt viel daran. Wie denkst du über Safer Sex?« oder: »Ich weiß, dass manche Leute es geschmacklos finden, immer Kondome dabei zu haben; aber ich finde es trotzdem wichtig. Was meinst du dazu?« Aber Sie können auch fragen: »Ich hab mich schon oft gefragt, ob ein AIDS-Test nicht doch sinnvoll wäre. Mir ist klar, dass es wichtig sein kann, aber ich hab noch keinen machen lassen. Du vielleicht?«

FREUNDLICH **NEIN** SAGEN

Bei dem Gespräch über sichere Sexpraktiken könnte sich herausstellen, dass Ihr potenzieller Partner Kondome ablehnt bzw. sich weigert, andere Sicherheitsmaßnahmen zu ergreifen. In diesem Fall könnten Sie sagen: »Ich mag dich wirklich sehr und würde sehr gerne mit dir ins Bett gehen, aber meine Gesundheit ist mir so wichtig, dass ich es unter diesen Umständen lieber sein lasse. Ich hoffe, wir können dennoch Freunde bleiben.«

KONDOME BENÜTZEN

Bei richtiger Anwendung bieten Kondome einen guten Schutz. Näheres finden Sie z.B. im Internet unter www.gib-aids-keine-chance.de sowie auf den Seiten 130 bis 132.

DENTAL DAMS VERWENDEN

Diese Latextücher erhalten Sie mittlerweile auch in Sexshops für Frauen (siehe Seite 220f.). Je mehr Sie sich damit beschäftigen, desto einfacher kommen Sie im »Ernstfall« damit klar. Freunden Sie sich damit an – eigentlich ist es nur ein Stück Latex, das beim Cunnilingus vor Ansteckung schützt. Üben Sie ruhig vor dem Spiegel, nachdem Sie sich den Beipackzettel durchgelesen haben.

Experimentieren Sie mit dem Dental Dam an Ihrem Arm, bis Sie sich so wohl damit fühlen, dass Ihr Partner auch keine Probleme damit haben wird. Er sollte akzeptieren, dass Sie einen Schutz verwenden wollen, und könnte sich sogar auf die neue Erfahrung freuen. So neu sollte diese Erfahrung im Grunde gar nicht sein, aber die steigende Zahl der HIV-Infektionen bei Heterosexuellen zeigt, dass es doch so ist.

TEILEN SIE KEIN **SEXSPIELZEUG**

Dies ist ein weiterer Aspekt von Safer Sex. Das HI-Virus stirbt zwar ab, sobald es mit Luft in Berührung kommt. Wenn Sie aber beide das gleiche Sexspielzeug, z.B. einen Vibrator unmittelbar nacheinander verwenden, können Sie sich dennoch anstecken. Geben Sie niemals Sexspielzeug an Ihren Partner weiter, ohne es vorher gründlich zu reinigen. Selbstverständlich sollten Sie es auch säubern, wenn er es vor Ihnen benützt.

HIV/AIDS: Wer ist gefährdet?

Die höchste Ansteckungsgefahr droht bei:

- ungeschütztem Vaginalverkehr
- ungeschütztem Analverkehr
- ungeschützter Fellatio, besonders bis zum Orgasmus
- ungeschütztem Cunnilingus
- ungeschütztem Lecken am Anus
- Sexspielzeug, das eingeführt wird (wenn Sie zum Beispiel Dildos und Vibratoren nacheinander verwenden)
- Einführen von Fingern in den Anus

Mittlere/niedrige Ansteckungsgefahr bei:

- Analverkehr mit Kondom
- Vaginalverkehr mit Kondom
- Bisse oder Kratzer, die die Haut verletzen
- Küsse auf den Mund, wenn ein Partner Zahnfleischbluten oder Lippenherpes hat
- Cunnilingus mit Latexbarriere
- Fellatio mit Kondom
- Lecken am Anus mit Latexbarriere

»Sex-Gurus«

Diese Auflistung der Pioniere der Sexforschung verzeichnet sowohl seriöse Wissenschaftler als auch Menschen, deren Lebensführung eher umstritten ist. Sie alle haben uns bereichert, indem sie ihre Erfahrungen mit uns geteilt haben.

VERA UND **STEVE BODANSKY**

Die Bodanskys halten Kurse zu Beziehungsthemen, Kommunikation und Sexualität ab, die auf ihren eigenen Partnerschaftserfahrungen basieren. Sie haben ihre Forschungsergebnisse in zwei Büchern veröffentlicht und demonstrieren in ihren Workshops gemeinsam die verschiedenen Sexpraktiken.

BETTY DODSON

Sie ist eine erfolgreiche Erotik-Künstlerin, die ihre *»Bodysex-Workshops«* in den Siebzigerjahren des letzten Jahrhunderts in New York entwickelte. Sie zeichnete in ihren Kursen die Genitalien der Frauen und veröffentlichte die Bilder. Von ihr stammt das revolutionäre Buch *Sex for One. Die Lust am eigenen Körper*. Sie entwickelte ähnliche Kurse auch für Männer und gilt als eine der Begründerinnen der Sexualtherapie.

HARTMAN UND **FITHIAN**

Die Wissenschaftler Bill Hartman und Marilyn Fithian gehörten zu den Pionieren, die in den Sechziger- und Siebzigerjahren des letzten Jahrhunderts die Erforschung der menschlichen Sexualität vorantrieben. Sie gründeten ein Institut für Ehe- und Sexualberatung in Long Beach und sammelten gemeinsam unschätzbare Informationen über die Sexualreaktionen beider Geschlechter bei Masturbation und Geschlechtsverkehr. Ihr wohl bekanntestes Buch ist *Jeder Mann kann* über multiple Orgasmen bei Männern.

XAVIERA HOLLANDER

Sie verbrachte ihre Jugend in einem japanischen Flüchtlingslager in Indonesien; ihr Vater arbeitete dort als Psychiater. Einst war sie New Yorks erfolgreichste »Madame« und sie schrieb viele Jahre lang die Kolumne *»The Happy Hooker«* für das Herrenmagazin *Penthouse*. Und *The Happy Hooker – Die fröhliche Nutte* lautet auch der Titel ihres ersten Buchs, das 1971 erschien und über 16 Millionen Mal verkauft wurde.

ALFRED KINSEY

Kinsey und seine Kollegen im Kinsey-Institut sammelten Tausende Fallbeispiele von sexuellen Erlebnissen und veröffentlichten zwei epochale

Titel darüber: 1948 *Das sexuelle Verhalten des Mannes* und 1953 *Das sexuelle Verhalten der Frau.* In diesen Büchern wurde mit allerlei Mythen aufgeräumt, darunter mit dem Irrglauben, Frauen seien überhaupt zu keiner sexueller Reaktion fähig. Auch heute wird im Kinsey-Institut noch geforscht.

MASTERS UND JOHNSON

1966 veröffentlichten die beiden Sexualtherapeuten zusammen mit ihrem Forscherteam das viel gerühmte Buch *Die sexuelle Reaktion*. Es folgten zahlreiche weitere Titel. Das Paar, das von 1971 bis 1993 verheiratet war, stellte in St. Louis ein Sexualtherapie-Programm auf, das für andere Kliniken richtungsweisend war, und bildete auch Therapeuten aus.

LOU PAGET

Die Sexualpädagogin forscht seit 15 Jahren und leitet seit 1993 so genannte Sexualitätsseminare in den USA, Kanada und Europa. Sie lebt in Los Angeles, schrieb einige erfolgreiche Sexratgeber und hat eine große Medienpräsenz.

ANNIE SPRINKLE

Sie ist Prostituierte und ein Pornostar, der sich in eine Performance-Künstlerin und »Sexologin« verwandelt hat. Sie lebt in San Francisco und untersucht und erkundet seit 30 Jahren die Sexualität von ihren herrlichsten bis zu den unrühmlichsten Aspekten. Sie produzierte eigene Sexfilme, in denen sie auch mitspielte, und publizierte erotische Fotografien. Sie leitet Workshops, hält Lesungen und tourt mit ihrer One-Woman-Show, die auf ihren Erfahrungen mit der Sexindustrie basiert.

KENNETH RAY STUBBS

Er gab in den Siebzigerjahren des letzten Jahrhunderts am *Institute for the Advanced Study of Human Sexuality* in San Francisco Massageunterricht. 1986 gründete er einen Verlag, in dem er Bücher über seine Massagemethoden veröffentlichte. Seither erschienen laufend neue Titel und Tonträger. Er rückt neben der sexuellen Beziehung zwischen Männern und Frauen auch ihre sinnliche und spirituelle Verbindung in den Vordergrund.

DIANE TORR

Sie ist eine interdisziplinäre Künstlerin, Kuratorin, Performance-Künstlerin und Lehrerin; ihre Installationen, Performances und Klangkompositionen wurden in Galerien und Studios in den USA, Europa und Japan ausgestellt. 1989 begründete sie ihre *»Drag King Workshops«.* In ihren Performances verkörpert sie verschiedene Männertypen.

BERNIE ZILBERGELD

Als Co-Direktor der Sexualtherapeutischen Fakultät an der Universität von Kalifornien praktiziert der Psychologe und Sexualwissenschaftler seit über 25 Jahren als Lehrer und Therapeut. Er ist einer der führenden Experten für die männliche Sexualität. Sein bahnbrechendes Buch *Männliche Sexualität* war das Erste zu diesem Thema und gilt nach wie vor als das Beste.

Nützliche (Internet-)Adressen

SEXSPIELZEUG UND PRODUKTE

www.beateuhse.de

www.mae-b.de

Das Internet ist voll mit den verschiedensten Spezialanbietern. Interessierte können sich über Suchmaschinen, z.B. Google, Yahoo und Altavista, umfangreiche Adressenlisten zusammenstellen oder gleich online bestellen.

SEXSHOPS (NUR) FÜR FRAUEN

Ladies First

Kurfürstenstraße 23
80801 München
Tel.: 089/2718806
Fax: 089/2718918
www.ladiesfirst.de

Femintim

Merkurstrasse 52
8640 Rapperswil
Tel.: 055 / 210 66 56
Fax: 055 / 210 06 03
www.femintim.ch

EROTISCHE LITERATUR

www.erotische-literatur.de

www.aphrodite.de

Sinn und Sinnlichkeit

Bücher, die verführen ...
Auenstraße 2
80469 München
Tel.: 089/23 54 11 90
Fax: 089/23 54 11 99
www.sinnundsinnlichkeit.com

EROTIKA

Ästhetische Fetische, erotische Kunst und Kultur
www.ars-vivendi.de
www.kunst-und-erotik.de

DER WEG, UM EINEN QUALIFIZIERTEN SEXUALTHERAPEUTEN ZU FINDEN

www.sexualberatung-online.de
www.sextra.de

BERATUNG ZU GESUNDHEIT, SEXUALITÄT UND PARTNERSCHAFT

www.medizin-psychotherapie.de
www.cyberdoktor.de

Bundeszentrale für gesundheitliche Aufklärung

Postfach 910152
51071 Köln
Tel.: 0221/8992-0
Fax: 0221/8992-300
www.bzga.de

HIV/AIDS

Die Aids-Hilfen vermitteln u.a. Kontakte und Adressen bei medizinischen Fragen oder unterstützen bei der Suche nach Selbsthilfegruppen. Natürlich können auch HIV-Infizierte und nahestehende Personen die Aids-Hilfen kontaktieren.

Deutsche Aids-Hilfe e.V

Wilhelmstraße 138
10963 Berlin
Tel.: 030/69 00 87-0
Fax: 030/69 00 87-42
www.aidshilfe.de

www.aidshilfen.at

Auf dieser Internet-Site wird man zu den regionalen Beratungsstellen in Österreich weitergeleitet.

Aids-Hilfe Schweiz

Konradstrasse 20
8005 Zürich
Tel.: 044/447 11 11
Fax: 044/447 11 12
www.aids.ch

Register

DANK

Fotografie
John Freeman bedankt sich bei seinen Assistenten Alex Dow und James Meakin sowie der Stylistin Bettina Graham.

Illustrationen
John Greary, Debbie Maizels, Howard Pemberton, Richard Tibbits

Dank des Verlags
Dorling Kindersley bedankt sich bei Sh! Women's Erotic Emporium für die Bereitstellung der Requisiten, bei Constance Novis fürs Korrekturlesen und bei Richard Bird für die Erstellung des Registers.

Bildnachweis
Cover vorne: Digital Vision